갓난
노인

갓난 노인

초판 1쇄 발행 2018년 12월 20일

지은이 문재윤
펴낸곳 도서출판 사과나무
펴낸이 권정자
등록번호 1996년 9월 30일(제11-123)
주소 경기도 고양시 덕양구 충장로 123번길 26, 301-1208
전화 (031) 978-3436
팩스 (031) 978-2835
이메일 bookpd@hanmail.net
블로그 http://blog.naver.com/giruhan
트위터 @saganamubook

ISBN 978-89-6726-032-3 03810

* 값은 뒤표지에 있습니다.
* 이 도서는 2018 경기 히든작가 공모전 당선작입니다.

이 도서의 국립중앙도서관 출판시도서목록(CIP)은 서지정보유통지원시스템 홈페이지(http://seoji.nl.go.kr)와 국가자료공동목록시스템(http://www.nl.go.kr/kolisnet)에서 이용하실 수 있습니다.(CIP제어번호: CIP2018035094)

갓난 노인

문재윤 에세이

사과나무

●

갓난아이 된 아버지,

나,

나의 갓난아이,

우리의 마트료시카.

차례

1장

삼 년

2장

카이로스

3장

만날 시간

4장

인생 여행

프롤로그

아버지를 아기로 완전히 혼동했다. 순간 혼란스러운 감정을 기록하지 않고선 견딜 수 없었다. 그렇게 이 글의 시작 종은 울렸다.

마흔일곱의 아버지, 여든다섯의 아버지. 나는 왜 굳이 아버지의 마흔 후반에 당신의 막내딸로 태어났을까. 아버지를 만나야 했기 때문일까. 아버지가 더 늙어 늦기 전에 부리나케 달려가 만나라고 창조주가 나를 아버지에게 보내 주어 감사하다. 아버지를 만나지 않은 내 인생은 상상조차 할 수 없다.

나의 턱없이 부족한 문장력으로 아버지를 온전히 표현하기는 불가능하다. 아버지의 한 순간, 아버지의 한 장면, 아버지에게서 얻은 위로, 용기, 유머가 의미 있게 회고되길 바랄 뿐이다.

제
1
장

삼 년

갓난 노인

•

아버지를 안는 순간 아들을 품에 안은 느낌이었다.

왜 이런 감정이 이는지 문득 의아했다. 8개월 된 아들을 수시로 안다보니 아버지를 아들로 잠시 착각했구나 생각했다. 그렇지만 혼동한 셈 치고 무심코 넘겨 버리기에는 아버지나 아들을 안은 느낌이 매우 흡사했다. 내 품에 번갈아 안기는 두 육체 간의 부피와 질량 차를 생각하면, 이미 자란 노인과 한창 자랄 아이의 몸은 완전히 상극면을 이뤄야 했다.

하지만 두 존재의 대조적인 물질적 크기는 인지되지 않았다. 오직 아버지의 가냘픈 숨소리와 앙상한 사지에서 흘러나온 미세한 떨림만이 내 몸에 전달됐다. 노부(老父)에게서 나온 힘없는 진동은 아이가 갓 태어나 내 가슴에 안겼을 때를 기억나게 했다.

나의 태(胎)에서 나온 아이는 울지 않았다. 의료진은 큰 스포이트 같은 것을 아이의 입에 넣어 이물질을 제거하고 기도를 확보했다. 아이의 다리를 잡고 거꾸러뜨려 엉덩이를 치기도 했다. 몇 번을 반복해도 아이는 울지 않았다. 다급한 듯 누군가가 소리쳤다. "빨리 소아과에 연락해!" 잠시 뒤 다행히도 아이의 입에서 울음소리가 터져나왔다. 그제야 제대로 숨을 쉬었다. 의료진은 아이의 몸에 묻은 양수와 태지를 수건으로 서너 번 닦아낸 뒤 나의 젖가슴을 갓난아이의 입에 물려 주어 제 어미인 것을 확인시켜 주었다.

아이는 2.8킬로그램으로 태어났다. 가까스로 정상 범위 안에 드는 몸무게였다. 내 눈으로 보기엔 무게라는 게 나가기는 하는 것인지 의심될 만큼 앙상했다. 태 속에서 존재가 형성된 후 줄곧 웅크리고만 있던 아기는 당연히 몸을 펴기 힘겨워 했다. 양수 밖으로의 외출을 생애 가장 추운 순간으로 받아들이고 있는 듯했다. 38주 6일 동안 액체 속에 있었던 터라 온몸의 피부는 쭈글쭈글했다. 혹여나 조금이라도 힘을 주어 안으면 바스라지지는 않을까 하는 조바심으로 손을 대기가 조심스러웠다.

아버지의 온몸에 새겨진 주름은 80여 년의 세월을 방증해 주었다. 기이하게도 아버지의 모습은 열 달간 양수의 세계에 적응하다 나와 온몸이 쭈글쭈글해진 갓난아이의 모습과 겹쳐졌다. 거칠거칠하게 일어난 아버지의 피부는 탯줄만 겨우 자른 채 몸에 묻은 태지를 제대로 닦아내지 않은 갓난아이의 겉모습과 다를 바가 없었다. 아버지의 몸을 감싸고 있던 근육은 거의 남아 있지 않았고, 육체를 간신히 지탱하고 있던 뼈는 흐늘흐늘 늘어진 겉가죽이라도 급한 대로 걸쳐서 완전히 드러날 상황을 모면한 모습이었다.

팔순 넘은 아버지와 8개월 된 아들을 번갈아가며 쳐다보았다. 아버지 연세와 아들 나이의 숫자 반복이 묘했다. 마치 인생은 올 때와 같은 모습으로 가게 된다는 암시인 듯했다. 순간 인간은 아이로 태어나서 아이로 생을 마감한다는 생각이 스쳐 지나갔다.

3년 전쯤부터였다. 나의 결혼식이 있던 겨울, 아버지의 말과 움직임이 예전과 다르다는 느낌을 받았다. 손을 간간이 잡아 드리는 정도면 아버지가 스스로 걸을 수는 있었다. 하지만 목적지까지 단번에 걸어가지는 못했다. 가다 서다를 반복하며 느린 걸음으로 쉬어 가야 했다. 큰 예배당의 긴 신부 입장로를 걸어가는 것은 무리겠다 싶었다. 신랑과 나는 동시에 입장하는 편을 택했다.

나는 결혼 후에도 결혼 전과 다름없이 퇴근 후 종종 친정으로 향했다. 하루는 소파에 앉아서 아버지와 짤막한 대화를 나누고 TV 프로그램도 시청했다. 시계를 보니 밤 아홉 시가 넘은 시각이었다. 부모님은 잠자리에 누울 시각이었고 나도 신혼집으로 돌아가 다음날 출근 준비를 해야 할 때였다.

"아빠, 저 이제 슬슬 가볼게요."

"어디 가니?"

아버지는 내가 얼마 전에 결혼했다는 사실을 기억하지 못하는 눈치였다. '아빠, 나 결혼했잖아요'라고 말하려다 목 뒤로 그 말을 삼켰다. 그 일 이후였는지 그 이전이었는지 정확히 기억나지는 않지만 어머니는 아버지를 모시고 병원에 다녀오셨다. 병원에서 아버지의 상태를 설명하길 장기 기억은 문제가 없으나 단기 기억이 다소 흐려진 상태라고 했다는 것이다.

나는 아버지를 볼 때마다 이 생에 머무를 수 있는 시간이 얼마나 남은 것인지 궁금했다. 그 당시 친정과 신혼집 그리고 회사는 삼각형의 위치에 있었다. 이동시간이 만만치 않게 걸리는 거리였음에도 불구하고 아버지와 조금 더 시간을 보내야 한다는 속내가 나 자신을 압박하곤 했다. 퇴근 후 저절로 친정을 향해 발걸음이 옮겨졌다.

계절은 어김없이 돌고 돌아 3년의 시간이 차곡차곡 쌓였다. 무심하게 흘러가는 일상 가운데 아버지의 날들만은 구별되어 보였다. 아버지는 익숙지 않은 몸의 변화와 고군분투했다. 얼마 전 홀연히 하늘로 거처를 옮길 때까지 그랬다.

아버지 입장에서 보면 이 생에서 보낸 마지막 3년여의 시간은 질긴 싸움과도 같았을 것이다. 특히 아버지는 마지막 1년 반 가량을 더욱 집요하게 버텨야 했다. 아버지의 육체는 겉보기에는 고요한 상태였다. 육체의 움직임이 둔해질 대로 둔해졌으니 그저 누운 모습 그대로 잠잠해 보일 뿐이었다. 하지만 아버지는 계절이 오고가는 당연한 자연의 흐름 앞에서마저도 그 변화를 쉽사리 받아들이지 못하는 당신의 몸과 격렬한 한판 승부를 벌여야 했다.

계절의 흐름은 자연이 살아 있음을 확인하는 일이다. 그 생생함은 차 한 잔의 여유와 함께 즐길 만한 일이다. 인생의 한창 때를 보내고 있는 나는 적어도 그런 줄 알았다. 하지만 인생을 마무리하고 있는 아버지에게 계절의 변화란 한 번 더 버티고 살아남아야 하는 고비였다. 환절기 때마다 아버지의 몸은 감기에서 독감으로, 독감에서 폐렴으로의 고비를 넘기며, 주저앉지 말자 살아보자고 온 힘을 다해야 했다. 그때마다 아버지의 육체는 점차 거칠고 뻣뻣하게 굳어갔다. 병원에서는 아버지의 상태를 콕 집어 진단 내릴 만한 병명을 찾지 못했다. 아버지는 그저 늙음을 온몸으로 체험하는 중이었다.

아버지의 몸을 일으키는 일은 어머니 혼자 힘으로는 역부족이었다. 어머니도 아버지와 같은 노인이니 당연했다. 어머니와 나는 아버지의 앞뒤를 둘러싸고 섰다. 나는 앞에서 아버지의 가슴을 안고, 어머니는 뒤에서 아버지의 등을 안은 채로 세 사람이 샌드위치가 되어 동시에 으라차차 하고 일어서야 했다. 나는 거의 매일같이 아버지를 품에 안고 일어나서 화장실까지 옮겨 드리곤 했다. 그 옆에는 언제나 흔들의자에 앉아서 재롱을 피우고 있는 내 아이가 있었다. 거동이 불편한 노부와 걸음마도 떼지 않은 아이. 두 사람 모두 누군가에 의지해야 살아갈 수 있는 존재였다.

"당신, 입을 좀 떼 보세요!"

아버지를 향해 어머니가 습관처럼 반복했던 주문이었다. 지난 몇 년 동안 아버지의 몸에서 없어진 것은 근육만이 아니었다. 아버지에게서 언어가 점차 사라져 입을 다물고 있는 시간도 늘어났다. 아버지가 한 마디라도 꺼내는 날은 손에 꼽을 정도였다. 어머니는 아무 말도 하지 않는 아버지의 상태를 무척 답답하게 여겼다. 하루 종일 어머니 혼자 얘기하는 상황이 어느 것보다 힘들었던 모양이었다.

어떤 날은 어머니가 아버지의 입술을 열게 하려고 의도적으로 말하기 연습을 시켰다. '사랑합니다', '축복합니다'와 같은 간단한 말들을 따라 하도록 하는 방법이었다. 그렇게라도 아버지가 입을 벌리도록 유도했다. 아버지는 교육자였으니, 말을 상당히 많이 하는 일을 해 온 분이었다. 하지만 강단에 서는 동안 평생토록 할 말의 분량을 남김없이 쏟아낸 탓에 입을 굳게 다물고 있는 것일 수도 있었다. 어느 날은 아버지가 당신의 상태를 받아들이기 버거워 아무 말도 하고 싶지 않아 하는 것처럼 보이기도 했다. 노년의 때를 보내는 아버지는 그렇게 언어도 기억도 뿌옇게 흩어버렸다.

살아 있는 존재라고 해서 살아 있는 내내 그와의 대화를 이어갈 수 있는 것은 아니었다. 아버지가 입을 여는 시간이 줄어든 후에야 그 사실을 깨달았다. 아버지는 살아 있었지만 나와 대화를 나누기는 어려웠다. 그럼에도 불구하고 나는 둘 사이의 대화를 원했다. 아버지의 최근 기억이 흐려졌다면, 그렇다면 오래 전 기억을 끄집어내면 어떨까 하는 생각이 떠올랐다. 당신의 젊은 시절 앨범을 꺼내 들었다. 말이 없던 아버지의 입가에 미소가 번졌다. 지난날의 기억이 되살아났나 보다. 그렇게라도 말할 거리를 기억할 수 있게 도와드려야 했다. 우리 속에 끝나지 않은 말을 나눠야 했다.

물론 깜짝 선물처럼 아버지의 유쾌한 말 한 마디가 툭 터져나온 때도 있었다. 내가 결혼한 지 1년이 지날 무렵 겨울이었다. 아버지는 폐렴으로 병원에 입원했다. 아버지는 당시에도 하루 중 말을 꺼내는 경우를 손에 꼽을 정도였다. 아버지 목소리가 늘 그리웠다. 목소리와 더불어 당신의 모습도 늘 그리웠다. 아버지가 살아 있는데 아버지의 모습을 그리워하는 것은 이치에 맞지 않았다. 논리에 어긋나는 감정은 매순간이 당신과 이 생에서 보내는 마지막 순간일 수도 있다는 생각으로 인해 마음 한 편이 아리는 데서 비롯된 것이었다. 나는 아버지의 사진을 찍을 때마다 오늘이 마지막일 수도 있다는 생각으로 찍곤 했다.

그 겨울 병실에서도 아버지의 모습을 찍고 싶었다. 병환으로 입원한 상황이었지만 즐거운 마음으로 찍고 싶었다. 그래서 나는 핸드폰 사진기의 셔터를 누르기 직전에 "아빠, 김치~"하고 나지막이 말했다. 몸이 아픈 사람을 최대한 덜 성가시게 한다는 취지가 깔린 작은 목소리였다.

"김!치이!"

아버지의 입이 열리며 입술이 양옆으로 벌어지고 윗니와 아랫니가 다 드러났다. 병실에 감돌던 정적이 순식간에 깨졌다. 당신의 유쾌한 "김치" 소리가 천진난만하게 공간 속으로 퍼져나갔다. 그 순간 병실 침대 위에서 아버지의 등을 받치고 앉아 있던 남편과 침대 맞은편 의자에 앉아 있던 어머니 그리고 나는 거의 동시에 박장대소했다. 역시 우리 아버지였다. 아버지는 참 명랑했다. 이 광경을 다른 누군가가 지켜봤다면 곧 퇴원할 분이라고 여겼을 터였다. 당신의 생동감 넘치는 긍정성은 언제나 나를 들뜨게 했다.

머릿속에서 끄집어내려고 아무리 애써도 예상치 못한 순간에 치고 나오는 아버지의 유쾌한 한 마디는 그때 그 병실에서가 마지막이었다. 그 뒤로 나 외에 가족 중 누군가가 아버지로 인해 웃음 짓던 순간이 있었을는지는 모르겠다.

일상의 기록

●

아버지가 돌아가시기 전 1년 반 동안은 우리 집과 친정이 아파트 앞뒤 동으로 마주하고 있었다. 우리 부부는 예전에 살던 집에서 계약 만료일이 다가와 새로 이사할 곳을 정해야 했다. 생각해 보던 중 친정 근처로 옮겨왔다. 날로 노쇠해 가는 아버지를 볼 때마다 시간이 길게 남지 않은 듯한 인상을 받았다. 나는 그 감정을 겉으로 드러내지 않고 아닌 척 모르는 척 애써 외면하려 노력 중이었다. 남편도 같은 예감이 들었나 보다. 우리 부모님이 있는 곳 근처로 이사 가자는 말은 남편이 먼저 꺼내주었다. 장인어른과 더 많은 시간을 보내야 할 것 같다는 말도 덧붙였다.

이사한 지 얼마 지나지 않아 어머니 혼자 힘으로 아버지를 일으킬 수 없게 되었다. 그만큼 아버지는 기력이 없었고 어머니도 힘을 내지 못했다. 당시 나는 임신 후기를 보내고 있었다. 임신과 출산, 산후조리를 거치는 기간 동안 어머니에게 아무 도움이 되지 못했다. 그때 나를 대신해 남편이 출퇴근 전후로 친정에 들러 아버지를 일으켰다.

애초부터 가능한 도움을 다 제쳐두고 오직 가족들끼리만 아버지를 돌보려고 고집한 것은 아니었다. 노인이 있는 가정이라면 한번쯤 관심 갖고 신청해 보는 노인장기요양보험을 활용해 보려고 한 적이 있었다. 국가에서 시행하는 제도로, 노인의 건강 상태를 심사한 뒤 정도에 따라 등급이 매겨졌다. 등급에 따른 지원 종류와 범위가 구분되어 있었다. 보조 의료기기의 대여 종류나 기간이 달랐고, 요양사의 방문 가능 여부도 상이했다.

등급 판정사를 만나기 며칠 전이었다. 이미 해당 제도를 이용해 본 경험이 있는 친구가 웃지 못할 씁쓸한 에피소드를 들려주었다. 친구의 할머니는 누가 봐도 틀림없이 치매라고 진단할 만한 상태였다고 했다. 치매는 해당 보험에서 높은 등급으로 분류되는 질환이었다. 국가로부터 보다 많은 도움을 받을 수 있는 질병이라는 의미였다. 친구 가족들은 할머니가 당연히 최상위 등급을 받을 줄로 여겼다. 하지만 예상과 달리 등급 판정사를 만날 시간만 되면 할머니가 이상하리만큼 너무 멀쩡해진다는 것이다. 할머니는 번번이 등급을 받는 데 실패했다. 친구네 경우를 토대로 보자면 등급 판정사가 올 시간에는 꼭 아프던 대로 아파야만 딱 맞는 등급을 받을 수 있다는 제도적 허점이 있었다. 등급 판정을 받을 대상자가 그날따라 컨디션이 좋아선 안 되는 것이다.

아버지가 몇 번째 등급을 받았는지는 기억에 없다. 받은 등급을 이용해 우선적으로 휠체어를 대여했던 기억은 있다. 그때만 해도 휠체어를 상비해야 할 만큼 아버지의 상태가 급박하진 않았다. 구매보다는 대여를 택한 이유였다. 문제는 대여하기가 수월하지 않다는 데 있었다. 각지에 있는 휠체어 대여소 중 집 근처 지점을 검색해야 했다. 검색한 곳에 대여 가능한 휠체어가 몇 대 남았는지 확인하고 여분이 있을 시에만 대여할 수 있었다.

휠체어를 대여할 수 있는 시간대는 일반 직장 근무 시간대와 동일했다. 사회생활을 하는 우리 남매 모두 휠체어를 대여하러 갈 시간을 낼 수 없었다. 어머니가 다녀오시는 수밖에 없었다. 그때 처음으로 노인으로 사는 일이 쉽지 않다는 생각을 했다. 내가 밀어도 무거운 휠체어를 노인인 어머니가 밀고 와야 했다. 택시를 불러 휠체어를 싣고 집 앞까지 온다고 해도, 택시 기사가 트렁크에서 휠체어를 꺼내 준다 해도 난관은 남아 있었다. 아파트 로비에서 계단을 반 층 올라가야 엘리베이터가 있다는 점이었다. 아버지 곁엔 아내가 있어서 그나마 다행이지만 배우자나 자식 없는 독거노인은 휠체어도 못 빌리겠구나 싶은 생각이 문득 들었다.

가정에 찾아오는 노인요양보호사를 신청해 보려고도 했다. 화장실에 들르거나 목욕할 때 어머니와 함께 아버지를 부축해 줄 손이 필요했기 때문이었다. 아버지를 배려해 남성 요양사를 선택하고 싶었다. 하지만 신청자 측

에선 요양보호사의 성별을 선택할 수가 없었다. 무작위로 때마다 다른 분이 방문한다고 했다. 해당 분야의 인력 확충이 어려운가 보다 하고 이해해 보려 하다가도 노인에겐 인권이 없다는 생각을 떨칠 수 없었다. 어머니는 그저 요양사에게 도움 받는 것이 부담스럽다고만 했다. 남자 요양사가 방문할 경우 어머니가 불편하고, 여자 요양사가 방문할 경우 아버지가 불편할 것이라는 이유에서였다. 그래서 어머니가 혼자 돌보는 편이 낫겠다고 마음먹은 게 아닐까 싶었다. 어머니의 심리 상태를 조심스레 짐작해 볼 수 있었다.

아버지에게 딱 들어맞는 케어 시스템을 갖추긴 힘들었다. 어머니는 아버지를 요양병원에서 돌보는 것에 관해서도 차마 마음을 열지 못했다. 어느샌가 어머니가 전적으로 아버지만을 위한 맞춤식 보살핌을 제공해 드리고 있었다. 어머니가 감당해야 할 몫이 버거워 보였다. 아버지가 도움을 받아야 하는 기간이 얼마나 지속될지는 아무도 모를 일이었다. 한 달이 될지, 일 년이 될지,

아니면 그보다 더 장기간이 될지. 도중에 어머니가 녹초가 되지 않기만을 바랄 뿐이었다.

어머니를 도울 사람이 필요할 적절한 시점에 우리 집이 친정과 이웃하게 됐다. 내가 출산해 아이를 키우는 시기와 노인이 된 아버지를 보살피는 시기가 맞물리게 된 순간이었다.

아버지는 하루에 너덧 번 정도 화장실에 갔다. 내가 산후조리를 마친 후에도 새벽과 밤에 아버지에게 들르는 것은 남편 몫이었다. 아이의 취침시간 동안 외출이 어려운 나를 대신한 역할이었다. 나는 그 외 낮 시간대를 네다섯 시간 간격으로 쪼개어 두 번 내지 세 번 정도 아버지에게 들렀다.

다른 남매들도 평일 퇴근 후와 주말에 부모님 댁에 들렀다. 남매가 넷이나 있어도 아버지 한 사람을 보살피는 게 쉽지 않다는 사실에 놀라곤 했다. 남매들 모두 낮에는 낮대로 직장에 나가 일해야 했고, 밤에는 밤대로 각자의 가정으로 가 아이를 돌봐야 했으니 시간을 쪼개기 힘든 것은 당연한 일이었다. 더 이상 안 되겠다고 생각했는지, 얼마 후에는 다른 남매들도 나처럼 아예 부모님 집 근처로 이사를 왔다. 다들 할 수 있는 데까지 힘을 모았다. 때때마다 우리 4남매는 단톡방에서 서로의 일정을 조율했다. 그래서 내가 아버지에게 한 번만 들르거나 아예 들르지 않는 날도 있었다. 그런 날은 육아에만 전념하는 날이었다.

평상시 아버지를 보러 갈 때는 아이와 함께 외출 준비를 했다. 아기가 뒤집기만 할 때는 외출 준비가 그나마 수월했다. 누워 있는 아기에게 옷을 입히고 분유만 챙겨서 나가면 되기 때문이었다.

하지만 아이가 무언가를 잡고 일어서고, 한두 걸음을 걷고, 온전히 자유자재로 걷는 성장의 변화기마다 외출 준비가 한층 녹록지 않아졌다. 장난 삼아 도망가는 아이를 붙잡아 바지를 입히고 나서 상의도 입히려고 하면 이미 입혀 놓은 바지를 두 다리로 벗는 식이었다. 그러면 벗겨진 바지는 내버려 두고 상의를 먼저 입혔다. 그리고 난 뒤 발버둥치는 아기의 다리를 겨우 붙잡아 다시 바지 속에 집어넣었다.

옷을 입히고 나면 아기의 가방을 챙겼다. 여벌 옷과 기저귀 두세 개, 물티슈, 가제수건 그리고 간식과 밥을 챙겨 넣었다.

아기의 밥은 개월 수마다 달리 준비했다. 분유에서 미음으로 넘어가서 쌀미음을 먹을 때는 친정에 가서 간단하게 해 먹이기도 했다. 쌀미음 단계에서 식재료가 하나씩 추가되는 단계로 넘어가면서 아기가 먹을 것을 미리 만들어 유리병에 넣어두었다가 챙겨갔다. 이유식이 미음에서 무른 밥 그리고 진밥으로 넘어가는 단계마다 아기가 잠든 한밤중에 만들어서 얼려 두었다. 그리고 아버지에게 갈 때마다 그것을 챙겨 가서 먹였다.

친정에 가서 아버지를 화장실에 옮겨 드리고, 아기에게 밥을 먹이고, 다시 아버지를 거실로 옮겨왔다. 그 후 집으로 돌아와서 집안일을 하고 밖에 나가 장도 봤다. 그리고 다시 친정으로 가서 아버지를 화장실에 옮겨 드리고, 아기에게 밥을 먹이고, 다시 아버지를 거실로 옮겨 왔다. 그러고 나서 집으로 돌아오곤 했다. 돌아오는 길가에서 가로수를 쳐다보면 해가 뉘엿뉘엿 나무에 걸려 나뭇가지 사이사이로 붉은 노을이 번져 나왔다.

아기의 개월 수에 따른 먹을거리를 준비해서 친정에 들를 때마다 어머니도 아버지를 위해 준비하는 것이 있었다. 아버지의 식사뿐만 아니라 약을 시간 맞춰 준비했다. 아침, 점심, 저녁, 식전, 식후 등의 복용법에 따라 보관 용기에 약을 담아 두었다. 약 보관 용기는 성인 손바닥 3분의 2정도 크기였다. 약통은 가로 세 칸, 세로 두 칸, 총 여섯 칸으로 나눠져 있고 각 칸은 뚜껑을 따로 열 수 있도록 개별 분리되어 있었다. 어머니는 그 플라스틱 통에 시간마다 복용해야 하는 약을 담아 놓았다. 약은 크게 두 종류였다. 치료 목적의 약과 비타민처럼 예방을 목적으로 하는 약.

아버지가 몇 시에 어떤 약을 먹어야 하는지 아는 사람은 어머니뿐이었다. 어머니가 약을 챙기지 않으면 아버지의 약을 제때 맞춰 챙길 수 있는 사람은 아무도 없었다. 아이를 위한 이유식과 아버지를 위한 약은 그들을 주로 보살피는 나나 어머니가 아니고서는 딱 맞게 준비할 수 있는 사람이 없었다.

눈이 두 번 내리면

●

'눈이 두 번 내려야 돼.'

아버지가 돌아가시기 전 어느 날이었다. 어머니는 아버지의 바로 옆에서 주무시던 중 꿈을 꿨다. 아버지가 그 꿈에 나타나 눈 얘기를 했다. 어머니는 아버지가 떠난 후에야 꿈 얘기를 꺼냈다. 어머니는 아버지가 가실 때를 암시하는 것이리라 미루어 짐작했다고 했다. 그리고 어머니는 두 번의 눈을 두 번의 겨울로 생각했다고 말했다.

하지만 아버지는 그해 겨울 함박눈이 두 번쯤 내린 뒤인 어느 날 하늘나라로 떠났다. 다행히도 한파가 한풀 꺾이고 겨울치고는 제법 따뜻했던 날 새벽이었다. 내 아이가 16개월 되던 달이었다.

새벽 네 시가 넘은 시각에 전화벨이 울렸다. 이 시간

에 전화가 오는 이유는 분명 내가 생각하고 있는 그 이유 때문이겠구나 싶었다. 그날 새벽에는 이상하게 먹은 것도 없이 체한 기가 있었다. 그래서 새벽 두 시경까지 가슴을 두들기다가 침대로 가서 누운 채 잠을 설치고 있던 참이었다. 평소의 나였다면 전화벨이 울려도 모른 채 잠을 자고 있었을 것이다. 그런데 그날의 전화 벨소리에는 단번에 깼다. 수화기 너머로 아버지가 숨을 쉬지 않는다는 말이 들렸다. 내가 가슴을 두들기고 있던 때에 아버지도 당신의 가슴 속에서 가쁜 숨을 몰아쉬고 있었겠구나. 아버지의 숨이 점차 멎어갔겠구나.

전화기를 내려놓고 잠시 동안 멍하게 앉아 있었다. 119에 전화를 걸어야 할지 말아야 할지 남편에게 물었다. 당연히 걸어야 하는 상황에서 초점 잃은 눈으로 앉아 있는 나를 남편이 다그쳤다. 지금껏 마음의 준비를 하고 있었고 예상했던 순간이 오면 담담할 수 있을 것이라고 생각했었다. 하지만 나는 제대로 된 판단을 내리지 못하고 있었다.

아버지의 육체를 마지막으로 본 곳은 입관실이었다. 이곳에서의 시간이 지나면 더 이상 육신의 모습을 한 아버지를 볼 수 없었다. 입관 예배를 인도해 주신 목사님은 가족들이 아버지에게 전하고 싶은 말을 할 시간을 주었다.

가족들 중 남자들은 "아버지, 수고 많으셨어요. 편히 쉬세요"라고 했다.

'수고'는 본래 '고통을 받음'이라는 뜻이다. 부정적인 의미이기 때문에 윗사람에게 '수고하세요'라고 인사하는 것은 좋지 않다는 말을 들은 적이 있었다. 하지만 이 경우엔 잘 들어맞는 말이라고 생각했다. 그 문장 속에서 남자 대 남자로 가장의 무거운 어깨를 이해하는 심정이 느껴졌다.

설사 나는 가장에게 짐 지워진 무게를 공감하지 못한다 할지라도 이 세상에서의 시간은 고통이라는 말을 받아들인다. 그래서 우리가 대개 고인의 명복을 빌 때 '고통 없는 곳에서 편히 쉬세요'라고 말하지 않는가.

아버지는 이 생에서의 여정을 마무리했다. 아버지가 당신의 체구에 꼭 들어맞는 관 안에 누워 있는 모습은 모태(母胎)에서 잠자는 모습이었다. 이 생이라는 태 속에서 여든 남짓의 기한을 다 채웠으니 이제 하늘의 세계로 가서 그곳에서 지낼 모습으로 새롭게 태어날 준비를 하고 있었다.

어머니도 한마디 했다.

"여보, 사랑해요."

나는 어머니가 아버지에게 사랑한다고 얘기하는 것을 처음 들었다. 물론 아버지와 어머니 사이에 사랑이 있다는 것은 눈으로 보아 알고 있었다. 한평생의 마무리 지점에 내닿고 있는 배우자를 쉴 새 없이 일으키고, 뉘이고, 먹이고, 입히던 어머니의 행동은 누가 보아도 사랑이었다. 50여 년을 함께 복닥복닥하며 기쁨도 슬픔도 다 녹아든 사랑이었다. 어머니 자신도 이미 노인이면서 배우자의 노년을 보살피고 기어이 끝까지 함께 가겠노라고 고집한 사랑이었다.

아버지의 가는 길을 배웅하기 위해 많은 분들이 오셨다. 아버지보다 먼저 간 분들도 있지만 아직 남은 분들이 아버지를 찾아오셨다.

"친구야, 먼저 가 있어. 나도 곧 갈게" 하고 말하며 영정사진 속에서 미소 짓고 있는 아버지에게 손을 흔드셨다. 흔들던 손을 내리고 뒤돌아 신발을 신고 집으로 돌아가겠다던 그 친구 분은 차마 발걸음을 옮기지 못하고 다시 돌아왔다.

또 다른 오랜 친구 분들은 저마다 아버지와 보낸 의미 있는 순간들을 기억했다. 한 분은 아버지와 함께 식사를 마치고 나와서 길을 건넌 때의 이야기를 했다. 세 분이 함께 식사를 했는데 음식점에서 나와 길을 건넌 중 아버지가 나머지 두 분에게 잠깐 기다리라고 했다. 그리고 저 앞에 있는 노점상에 달려가더니 종이봉투를 들고 와서 말했다.

"우리 이거 나눠 먹읍시다."

종이봉투 안에서 붕어빵을 꺼내 하나씩 나눠주었다

고 했다.

"저 사람이 그런 사람이었어!"

그 어르신은 고인이 이토록 정감 있는 분이었다는 뜻을 담아 힘주어 말했다.

아직 남은 일상의 기록

●

누군가를 보내고 난 뒤의 법적 절차라는 것은 사람을 참 난감하게 만든다. 언니는 어머니를 모시고 동사무소에 들러 아버지가 돌아가셨다는 것을 알렸다. 사망신고를 하고 난 뒤 금융, 통신 등의 시스템이 아버지의 부재를 확인하기까지는 얼마간의 시간이 걸렸다. 그 얼마의 기간 동안 마치 과거에서 날아온 것처럼 현재에는 존재하지 않는 대상을 수취인으로 적은 편지가 우편함에 속속 도착했다. 도착하는 편지라고 해봤자 어머니가 사용했던 아버지 명의의 통신요금 고지서나 아버지가 소속해 있던 학회의 학회지 같은 것들이었다.

나는 어머니를 보기 위해 친정이 있는 아파트 동으로 갔다. 1층 로비에 있는 우편함에서 아버지 앞으로 온 우편물들을 꺼내 들었다. 이 상황은 아직 법적 절차가 마무리되지 않았다는 것을 의미했다. 우리 쪽에서는 존재의 부재를 알렸지만 저쪽에서는 아직까지 부재를 모르는 간극이 발생했다. 주소는 맞게 보냈으니 반송할 수도 없는 노릇이었다.

아버지의 장례 기간 중에 조카에게 졸업식이 언제인지를 물었었다. 아버지에겐 첫 손주인 아이다. 그 아이가 어느덧 초등학교를 졸업할 나이가 되었다.

"2월 7일이요."

그날은 아버지의 생신이었다. 곧 다가올 아버지의 생신 때 가족모임을 하겠거니 생각했었는데, 아버지는 당신의 생신이 올 때까지 기다리지 않았다.

그리고 주인공이 부재하는 생일이 하루 앞으로 다가왔다. 아버지가 가신 뒤로 순간순간 머릿속에 떠오르는 사진 속 장면들이 있었다. 그 장면들을 카메라에 담던 당시의 상황들을 회상했다. 당장 사진을 꺼내 보고 싶었다. 선명한 장면을 눈으로 확인해 보고 싶은 마음이 간절했다. 디지털 카메라를 사용하기 시작한 뒤로는 따로 앨범을 만들어놓지 않았다. 2000년대 초반부터 최근까지의 사진들을 보관해 둔 외장하드를 열었다. 사진이 다 날아갔다. 거의 20년 가까운 기간의 기록이 온데간데없었다. 맙소사. 사진 데이터를 하나의 외장하드에 보관하고 있던 내가 바보였다. 나의 20대와 30대가 사라진 기분이었다. 분노에 가까운 화가 치밀어 올랐다. "하아!" 주먹으로 무릎을 치고는 책상 위에 이마를 처박았다. 아버지의 모습이 담긴 사진이라면 단 한 장이라도 되살려야 했다. 급히 데이터 복구를 맡기고 아버지의 생신을 맞이했다.

조카의 졸업식에 참석하려면 아이가 먹을 아침과 점심을 미리 준비해 둬야 했다. 16개월 된 아이였기에 어른이 먹는 밥을 먹지 못한다. 전날 밤부터 자정을 넘긴 시각까지 아이의 입에 맞게 간이 거의 들어가지 않은 부드러운 식감의 유아식을 만들어놓고 늦은 잠을 청했다. 대중교통을 이용해 조카의 학교에 가려면 일찍 일어나야 했다. 그렇게 아버지의 첫 손주 초등학교 졸업식에 참석했다. 우리 가족 모두는 그날이 아버지 생신인 것을 기억하고 있었을 것이다. 하지만 아무도 아버지의 생신에 대해 언급하지 않았다. 나 또한 입을 열지 않았다. 우리는 그저 담담한 척 평소와 다름없이 각자의 일상을 살고자 애썼다.

또 여러 날이 지났다. 3월 중하순에 느닷없이 함박눈이 내렸다. 마치 아버지가 살아 계시던 지난 겨울로 되돌아간 느낌이었다. 불과 두 달 전까지만 해도 이 생에 머물렀던 아버지를 떠올려 보았다.

제 2 장

카이로스

카이로스의 순간

●

누군가와 시간을 함께 보낸다는 것은 무슨 의미일까 생각해 본다. 고대 그리스인들은 시간을 크로노스(kronos)와 카이로스(kairos)로 구분했다고 한다. 크로노스는 1분, 한 시간, 하루와 같은 물리적인 시간이다. 모든 인간에게 동일하게 주어지는 객관적인 시간을 의미한다. 카이로스는 개인에 따라 다른 의미를 부여하는 주관적인 시간이다. 똑같은 날이라도 누군가에게는 어제와 다름없는 날일 수도 있고, 다른 누군가에게는 생일과 같은 특별한 날일 수도 있다.

아버지와 내가 이 생에서 처음 만난 시점을 생각해 보았다. 아버지는 마흔일곱에 나를 얻었다. 아버지의 마흔 후반에 나는 갓난아이로 아버지를 만났다. 그리고 아버지와 나는 이 생에서 38년의 크로노스를 보냈다. 아버지는 당시로서는 늦은 결혼을 했고 결혼 뒤에는 네 자녀를 얻었다. 나는 그중 막내로 태어났다. 첫째 언니와 내가 아홉 살 터울이니 아버지와 내가 마흔여섯 살 차이가 난다는 계산이 이해됐다. 누군가에게는 손주뻘일 것이다.

아버지 연배에는 대개 20대에 자녀를 낳았을 것이다. 하지만 나는 아버지의 20대도, 30대도 본 적이 없다. 사실 아버지의 40대 모습도 잘 알지 못한다. 내가 아버지에 대한 기억을 떠올리자면 아무리 어려도 서너 살쯤의 기억이 가장 빠른 기억이다. 그때는 아버지가 쉰 살의 문턱에 들어설 때다. 아버지가 결혼을 일찍 해서 나를 좀 더 일찍 얻었더라면 아버지와 내가 함께 보낸 크로노스가 더 길었을 것이라고 상상해 보기도 했다. 하지만 인간의 생(生)과 사(死)는 신의 영역이기에 그저 상상만 해보고 말 뿐이었다.

내가 초등학생 때 부모님의 나이, 직업, 학력 등을 묻는 가정환경 조사를 받았던 기억이 났다. 눈을 감고 손을 들면 되는 방식이었다. 나와 아홉 살 차이가 나는 첫

째 언니도 받았다던 가정환경 조사는 내가 초등학교를 다닐 때도 어김없이 시행되었다. 부모님의 나이를 묻는 질문에 대한 기억은 이랬다. 눈을 감고 손을 들었기 때문에 조사 결과를 정확하게 알 순 없었다. 하지만 추후에 학급 친구들과 나눈 대화 내용을 종합해 보면 우리 아버지보다 나이가 많은 부모를 둔 친구는 없었다. 나는 거의 매 학년마다 학급 친구들의 부모님 중에서 우리 아버지가 제일 나이 많을 것이라고 확신했다.

선생님은 "부모님이 30대인 사람?", "40대인 사람?", "50대 이상?"을 차례대로 물었다. 나는 맨 마지막에 50대 이상을 물을 때 손을 들었다. 맨 마지막 문항이 나올 때까지 기다렸다가 손 드는 것을 은근히 즐기곤 했다. 그것을 왜 즐겼는지는 모르겠다. 대개 아이들은 늙은 부모가 학교에 찾아오면 싫어한다는 얘기를 한다. 하지만 나는 또래 친구들에 비해 우리 부모님이 나이 많은 것이 이상하거나 생소하게 여겨지지 않았다.

창조주는 내가 더 늦기 전에 만나야 할 사람으로 아버

지를 선택했나 보다. 그래서 부리나케 아버지의 마흔 후반에 그분의 막둥이로 나를 보냈는지도 모른다. 나는 내 아버지라는 사람과 반드시 시간을 보냈어야만 했던 존재였다. 내게 주어진 시간은 아버지의 장년의 때와 노년의 때를 함께 보낼 시간이었다.

아버지 인생과 내 인생이 만난 타이밍이 완벽했다는 생각은 예나 지금이나 변함없다. 두 인생이 만난 때가 빠르지도 느리지도 않은 완벽한 때였던 것처럼, 아버지와 내가 이 생에서 38년을 함께 보낸 뒤 아버지의 인생이 마무리되던 시점도 빠르거나 느리지 않은 완벽한 때였다.

얼마 전 어머니와의 대화에서도 비슷한 말이 오갔다.

"모든 게 다 잘 맞아들어 갔어."

내가 생각하기에도 그랬다. 우리가 친정 근처로 이사 가서 아버지를 가까이에서 볼 수 있었던 것도, 나에게 아이가 찾아와 출산 휴가와 육아 휴직 기간을 보내면서 아버지와 긴 시간을 보낼 수 있었던 것도, 모든 상황과 때가 절묘하게 맞아들어 갔다. 그 덕에 나는 일 년 남짓 동안 매일같이 아버지와 아들을 실컷 안아볼 수 있는 행운을 누렸다. 누구에게나 이와 같은 행운이 주어지지는 않는다. 아버지는 인생을 마무리할 때까지도 내게 카이로스의 순간을 선물하고 싶었나 보다.

어머니와 나는 그날의 대화에서만큼은 '만약'에 관해선 생각지 않았다. '만약에 아버지를 조금 더 편안한 여건에서 보살폈더라면', '만약에 아버지가 여생을 조금 더 건강하게 보냈더라면' 혹은 '아버지가 조금 더 머물다 떠났더라면'이라고 가정하지 않았다.

아버지와 내가 이 생에서 함께 보낸 크로노스는 38년이지만 아버지와의 특별한 의미가 담긴 카이로스는 물리적인 햇수와는 비교도 안될 만큼 헤아릴 수 없이 깊고 긴 시간이었으리라 믿는다. 아버지가 내게 선물해 준 수많은 카이로스의 순간들을 기억한다.

별 놈 없다

●

미국에서 학부 과정을 밟을 때였다. 영어도 서툰 신참이 호기를 부려 미디어 아트 수업을 덜컥 신청했다. 영상용어 사전을 외워서 시험을 치르는 수업이었다. 사전 한 권을 통째로 말이다. 그렇기 때문에 해당 과목을 '덜컥' 수강했다고 말할 수밖에 별 도리가 없다. 꽤나 두꺼웠던 그 사전은 영상 전반에 걸친 주요 용어의 정의뿐만 아니라 세세한 영상장비 단어의 정의도 다뤘다. 매 시간 계획된 분량을 예습해 온 뒤 시험을 치르는 것이 수업 초반부의 일정이었다. 사전 한 권쯤은 영어로 꿰어야 유학했다고 얘기하지. 한두 주 가량은 의기양양했다. 수강 신청 변경 기간도 넘겼다. 그 뒤로는 잿빛 얼굴로 이곳저곳 도움을 청할 곳을 찾아다녀야 했다.

사전을 공부할 때 가장 어려웠던 점은 이것이 특정 분

야의 전문용어 사전이라는 점이었다. 용어를 정의하는 부분에서조차 해당 분야에서만 사용하는 단어로 풀이한 경우가 잦았다. 그 단어들이 일반 사전에 있을 리 만무했다. 풀이에 사용된 단어의 뜻을 이해하기 위해 또 다른 전문사전을 찾아봐야 했다. 하지만 그 또한 찾기가 수월하지 않았다. 용어의 뜻을 유추할 방법이 없으니 글자를 그림 보듯 외워야 할지 막막할 따름이었다. 수능시험일이 임박한 고3 수험생마냥 사전을 한장 한장 찢어서 입 속에 넣고 씹어 먹기라도 해야 할 판이었다.

나는 패닉에 빠져 허우적거리는 상태로 한 부서를 찾아갔다. 그곳은 영어를 모국어로 사용하지 않는 국제 학생들의 학습을 도와주는 곳이었다. 모르는 단어에 줄을 친 사전을 품고 지도교사를 찾아갔다. 사전을 펼쳐 보면 줄 친 단어보다 안 친 단어를 찾는 편이 더 수월했다. 원어민의 도움을 받을 수만 있다면 문제가 해결될 것이라 기대했다. 하지만 원어민 교사의 입에서 나온 말은 가능한 한 빨리 수강을 취소하라는 것이었다. 전공자가 아니면 원어민이라 할지라도 이해하기 어려운 용어라고 덧붙였다. 용어의 정의를 읽어본 그도 해당 단어가 의미하는 바를 내게 설명하지 못했다.

수업 내용을 소화하기가 버거워 극심한 스트레스에 시달리던 어느 날, 아버지에게 울면서 전화 했다. 이래서 힘들고 저래서 힘들다는 말을 주저리주저리 늘어놓았다. 내 얘기를 쭉 듣던 아버지는 아주 명쾌한 톤으로 한 마디를 건넸다.

"별 놈 없다."

아버지의 말 속에 담긴 뜻은 누군가를 깎아내리는 의미가 결코 아니었다. 같은 반 학우들이 별 볼일 없는 사람들이니 내가 그들보다 잘할 수 있다는 의미가 절대 아니었다. 아버지의 설명인즉, 어차피 다 사람 머리라는 것이었다. 다 그 머리가 그 머리이니 염려할 필요가 없다고 덧붙였다. 그 순간 나의 육체를 먹먹하게 짓누르던 정체 모를 거무스름한 공기가 단번에 훅 걷혔다. 나도 모르게 '풉'하고 웃음을 터뜨렸다. 아버지의 말이 옳았다. 거인 같은 상황을 맞닥뜨린 메뚜기마냥 주눅 들 필요가 없었다. 인간으로서의 한계를 인정하는 것은 정체성을 아는 것이었다. 누구나 한계를 가진 인간일 뿐이었다. 아버지의 말 한마디가 그렇게 나를 다시 일으켰다.

아버지의 말에는 늘 군더더기가 없었다. 인생살이에서 얻은 지혜가 알차게 담겨 있었다. 그 지혜를 유머 섞인 간단명료한 언어로 전달했다. 그렇게 해서 상황을 보는 관점을 통쾌하게 역전시켜 놓곤 했다. 예리하면서도 무겁지 않게 위트를 담아 핵심을 찌르던 아버지의 말 한마디 한마디를 회상할 때마다 내가 SNS 상에서 자주 쓰는 'ㅋㅋㅋ'를 덧붙이고 싶어진다.

그래서일까, 아버지를 떠올리면 영화 '인생은 아름다워'의 아버지가 생각난다. 유대인 수용소에 함께 끌려온 아들에게 이 모든 상황은 게임이라고 설명하는 아버지. 아들은 점수 따기 게임에 열중하며 수용소에서의 시간을 즐긴다. 영화 말미에 아버지는 진짜 총에 맞아 쓰러지는 순간에도 아들이 숨어 있는 곳을 바라보며 윙크를

날리던 모습이 잊히지 않는다.

아버지도 인생의 총알을 대신 맞고 서서 자녀의 삶의 무게를 조금이나마 덜어주고 싶었는지 모른다. 오래도록 잊히지 않는 영화의 한 장면처럼 아버지가 한 말도 당신이 떠난 자리에 남아 하루하루의 생활을 지탱해 준다.

세상에 별 놈이 없다는 말이 맞다. 너도 별 놈이 아니고 나도 별 놈이 아니다. 누구나 흙에서 와서 흙으로 가는 것은 동일하다. 노년의 끝자락에 있는 아버지의 모습을 바라보았을 때 인생이란 것이 짧은 한순간이라는 말의 뜻을 이해할 수 있을 것 같았다. 아버지처럼 여든을 넘게 살아보지 않아도 알 수 있을 것 같았다. 잠시 와서 머물다 가는 것이구나. 누구나 한줌의 재가 되는구나. 화장터에서 본 아버지의 골분은 한줌의 재가 무엇인지 내게 알려주었다. 아버지의 골분에서는 거동이 불편한 아버지를 어머니와 내가 합심해야 겨우 일으킬 수 있을 정도였던 당신의 살아생전 육신의 무게가 느껴지지 않았다.

운전, 감자

•

아버지는 60대에 들어서서야 본격적으로 운전을 시작했다. 그 다음 얘기는 말하지 않아도 짐작이 갈 것이다. 아버지의 운전 솜씨는 당신의 여유롭고 위트 있는 성품을 고스란히 드러내 주었다.

아버지 제자들의 증언은 이러했다. 제자들 사이에서는 고속도로 톨게이트에서 차가 막히면 으레 "앞에 교수님이 가시나 보다"고 얘기하며 깔깔 웃는다는 것이다.

이야기의 시초는 이랬다. 하루는 어떤 제자가 아버지의 차에 동승했다. 차는 고속도로에 들어섰고 톨게이트에 다다랐다. 아버지는 느긋하게 차를 세우고 기어를 P로 바꿨다. 천천히 안전벨트를 풀었다. 양복 재킷 안주머니에서 지갑을 꺼냈다. 지갑 안에서 톨게이트 비용을 꺼냈다. 톨게이트 직원에게 비용을 지불했다. 그리고 영수

증과 잔돈을 건네받았다. 영수증과 잔돈을 기어 뒤쪽 컵꽂이에 넣었다. 지갑은 다시 양복 재킷 안주머니에 넣었다. 양복 재킷을 여미었다. 안전벨트를 맸다. 기어를 D로 바꿨다. 그리고 마침내 출발했다.

아버지가 휘파람까지 불었다면 그날의 그림이 더욱 멋지게 완성됐을지도 모른다. 그 제자가 아버지의 톨게이트에서의 여유로운 한때를 지켜본 뒤로 도로 위에서 차가 막히면 당연히 앞서가는 차들 중에 교수님의 차가 있는 것이었다. 아버지의 운전 솜씨는 학내에서 교통 체증의 상징처럼 여겨졌다.

아버지의 운전은 당신의 군더더기 없는 성품을 엿볼 수 있게 했다. 목적한 곳으로 군더더기 없이 돌진하던 아버지의 모습을 기억한다. 하루는 내가 아버지 차의 조수석에 앉아 있었고 아버지와 나는 함께 집으로 돌아가던 중이었다. 사거리에서 우회전을 하면 우리 집이었다. 그런데 사거리를 약간 못 미친 지점에서 아버지가 한 마디를 꺼냈다.

"감자 먹으러 가자."

그리고는 갑자기 목적한 가게 쪽으로 사정없이 핸들을 꺾었다. 차가 상점의 전면 유리 쪽을 향해 돌진했다. 상점 앞 주차 공간에 차를 대려면 야트막한 턱을 넘어서야 했다.

"어… 어… 어… 아빠! 어, 어!"

나는 조수석 오른쪽 천장에 달린 손잡이를 꽉 잡았다. 바퀴가 매끄럽지 못하게 인도 위의 주차 구역으로 올라가면서 우당탕! 우당탕, 쿵탕탕! 비틀비틀 했다.

사실 나는 그 순간을 조금 즐기고 있었다. 아버지의 거침없는 돌진 솜씨를 보고 웃지 않을 수 없었다. 아버지가 가게로 들어서는 진입로에 턱이 있다는 것을 인지했는지 못 했는지는 아직도 모르겠다. 물론 인도 위에 행인은 없었기에 아버지의 운전 솜씨만 매끄러웠다면 아무런 문제가 없는 상황이었다. 몇 초의 순간 동안 "어… 어…!" 하고 나니 목적한 가게 유리 앞에 차가 세워졌다.

아버지와 나는 차에서 내려 매장 안으로 들어갔다. 아버지가 좋아하던 주전부리 중 하나가 감자튀김이었다. 롯○○○, 맥○○○, K○○ 등의 햄버거 가게에서 파는 감자튀김을 사랑했다. 아버지와 나는 주문대 앞에 줄을 섰다. 차례가 오자 아버지가 주문했다.

"감자 주시오."

대개 햄버거 가게에서 주문할 때는 '프렌치프라이 주세요'라거나 '감자튀김 주세요'라고 말한다. 하지만 아버지에겐 언제나 그냥 '감자'였다. 주문할 때의 어투는 '감자 주시오'였다.

주문 받는 직원에게 미소를 보이는 것도 잊지 않았다. 하회탈 눈에 적당히 크고 둥글둥글한 복코, 코의 너비와 동일한 너비를 가져서 상대적으로 조금 작아 보이는 입으로 맑은 미소를 띠며 말이다. 직원에게 미소 지었다기보단 감자튀김을 먹을 생각에 절로 미소가 지어진 것인지도 모를 일이었다. 감자튀김을 생각할 때면 자식을 바라보듯 흐뭇했을지도 모른다.

후에 나의 아버지를 사진으로 본 선배가 "아버님 참 인자해 보인다"고 말한 그 미소였다. 어머니도 아버지의 미소에 관해서라면 언제나 칭찬을 아끼지 않았다. "당신은 그 미소가 아주 일품이에요. 너무 인자해 보여요"라고 말하곤 했다. 어머니는 아버지의 장례를 마치고 돌아올 때도 아버지의 미소에 관해 얘기했다.

"네 언니가 그러더라. 입관 때 아버지 얼굴을 보니까 입 꼬리가 올라가 있더래. 평안하셨나 봐."

지금도 여전히 어머니는 아버지의 영정 사진 속 미소 띤 얼굴만 바라봐도 기분이 좋아진다고 말한다. 아버지의 미소는 그런 미소였다.

아버지와 나는 주문한 감자튀김이 나오는 대로 받아서 한 테이블에 앉았다. 다른 테이블을 둘러보니 대부분 사람들이 햄버거 세트를 먹고 있었다. 하지만 아버지와 내가 주문한 쟁반 위에는 언제나 감자튀김, 아버지가 즐겼던 감자튀김만 얹어져 있었다.

우리 4남매는 아버지의 납골당에 넣을 기념이 될 만

한 물건을 상의하던 중 감자튀김 모형을 제작하여 넣기로 합의했다. 어머니는 감자튀김 모형을 넣는 것이 다소 품위 없어 보일까 봐 머뭇거리는 눈치였다. 하지만 결국에는 마지 못하는 척 승낙했다.

카이로스의 조각들

●

아버지가 엄지손가락을 치켜들며 "좋았어!"라고 말할 때마다 내 속의 저 밑바닥에서부터 에너지가 솟아오르는 느낌을 받곤 했다. 아버지는 언제나 당신의 자녀들을 응원했다. 아버지에게 들었던 가장 기억에 남는 "좋았어!"의 순간은 다소 엉뚱하게도 운전면허 시험에 합격했을 때다. 내가 운전면허 시험에 합격한 것조차도 당신에게는 연거푸 엄지손가락을 공중에 치켜들 만한 일이었다. 엄지손가락이 올라갔다 내려갔다가 다시 몇 번을 반복했다. 그동안 "좋았어! 좋았어!"가 여러 번 이어졌다. 그토록 아버지가 기뻐했던 운전면허가 아직도 장롱 안에서 동면 중이라는 사실이 죄송할 따름이다.

'좋았어'와 비슷한 듯 다른 '좋아'도 기억한다.

"쪼고레뜨 먹고 싶지 않니?"

아버지가 초콜릿을 먹고 싶어서 어머니의 감시를 피해 은근슬쩍 내게 묻는 식으로 돌려 말했다.

"아빠, 초콜릿 사먹을까요?"

의중을 읽고 답했다.

"좋아!"

아버지의 입술 양 끝이 위로 당겨지며 광대뼈를 덮고 있는 살이 밀려 올라가 눈가를 주름지게 만들었다. 한껏 기쁜 마음을 주체 못하며 더없이 인자한 미소를 지었다.

아버지가 나를 '꽁주'라고 부르던 음성도 여전히 들리는 듯하다. 당신은 딸들을 '꽁주'라고 칭했다. 아들에게는 '대감'이라고 불렀다.

일곱 살 때 서울에 올라와서 살던 집 거실에서의 시간도 기억한다. 아버지가 거실 소파에 앉아 있었다. 나는 아버지 앉은키의 가슴 높이에 닿을까말까 할 정도 되는 유치원생이었다. 나는 아버지의 다리 사이에 서서 당신의 무릎을 팔걸이 삼아 놀고 있었다. 내가 앞으로 두 세 걸음 걸어갈라치면 아버지는 내 등 뒤에서 배와 허리를 양팔로 가볍게 감싸 안았다. 그리고는 "못 가!"라고 말하며 장난을 걸었다. 그렇게 몇 번을 반복할 때마다 어린 나는 재밌다고 까르르 웃던 순간이 눈앞에 선하다.

아버지가 웃을 때는 웃음소리에서 순간적인 묵음이 발생하곤 했다. 그리고 잠시 뒤 목의 저 안쪽에서 "크크크"하는 소리가 새어나오는 식이었다. 그 소리는 마치 당신의 몸속 깊은 곳에 자리잡고 있던, 웃을 생각이 없는 묵음이라는 녀석들이 이번만큼은 못 참겠다고 백기를 들고 튕겨 나오는 모양새였다. 그 웃음소리가 여전히 들린다.

식탁에 앉아 호탕한 목소리로 부르던 당신의 찬송가 소리도 귓가에 들린다. 노래할 때는 언제나 가볍게 주먹을 쥔 채로 박자에 맞춰 식탁을 탁탁 두들겼다. 그러면 집 안 어딘가에 있던 어머니가 너무 늦지 않게 몇 소절 뒤부터 합류해서 아버지와는 대조적인 소프라노 톤을 덧입히곤 했다. 두 분의 육성이 나의 귓가에 맴돌며 나도 함께 흥얼거리게 만든다.

한번은 내가 베트남 출장을 다녀오면서 전통 모자 '논'을 사온 적이 있다. 캐리어를 밀며 집에 들어서자마자 아버지 머리 위에 논을 씌웠다. 러닝셔츠 차림으로 앉아 있던 아버지의 머리에 삿갓이 얹혀졌다. 곧 밭일을 나가야 할 것처럼 보였다. 우리는 동시에 깔깔댔다. 모자 끈이 다소 짧아서 아랫입술이 끝나고 턱이 시작되는 움푹 들어간 위치에 겨우 걸쳐졌다. 그 끈의 길이가 웃음의 강도를 한층 업그레이드 시켰다.

아버지와 뽀로로 카메라 앱을 사용해 셀카를 찍기도 했다. 앱을 실행하고 핸드폰 화면을 응시했다. 화면에 보이는 사람 머리에 뽀로로 노랑 헬멧과 주황 안경이 자동으로 덮였다. 일흔 후반 뽀로로와 서른 초반 뽀로로가 탄생하는 순간이었다.

누군가를 회상할 때 그 사람과의 경험이 시간 순서대로만 되살아나는 것은 아니다. 시간의 순서가 뒤죽박죽 엉킨 채 떠오르는 경우도 있다. 시간과 장소는 기억에 없고 서로가 나누었던 대화만 생각나기도 한다. 때로는 그 사람의 표정과 목소리만 생생하고, 또 어떤 때는 그 순간의 향기만 느껴진다. 의미 있는 순간의 조각들은 머릿속 여기저기에서 두서없이 모자이크로 엮인다.

이국(異國)

●

1990년에 아버지는 대한민국 교수 자격으로 구소련을 방문했다. 우리나라 정부에서 교수단을 꾸려 그곳에 보냈다고 들었다. 아마도 냉전 종식의 시대적 흐름에 맞춰 공산권 국가와 교류의 물꼬를 트고자 이루어진 일이었을 것으로 짐작된다.

아버지가 방문할 당시는 한국과 러시아의 국교가 정상화되기도 전이었다. 주변에서 공산권 국가를 방문하고 온 사람을 찾아보기 힘들 때였다. 일반 국민의 해외여행 자유화도 그보다 불과 한 해 전인 1989년에 시작되었다. 그렇기 때문에 외국에 가는 일 자체가 지금처럼 일상적인 일로 여겨지던 때는 아니었다. 아버지의 공산권 국가로의 출장은 온 가족을 들뜨게 만들었다.

당시 초등학생이었던 나는 외국을 상상할 때마다 빨

간색의 캉캉원피스를 입은 요염한 자태의 여인이 사는 곳을 머릿속에 그리곤 했다. 그녀는 옆모습이 보이게 몸을 틀어 선 채로 양손을 맞잡아 접은 팔을 하늘을 향해 들어 올리고 있었다. 맞잡은 두 손의 손가락은 서로 엇갈리듯 휘감기려는 찰나였다. 바닥을 지탱하고 선 다리는 원피스의 러플 아래로 보일락말락 했다. 여인의 손가락 끝에서부터 타고 내려오는 시선은 하늘을 향해 접어 올린 팔을 지나 척추와 엉덩이, 다리로 지나가는 S자 곡선을 타고 내려오면서 요염함을 완성했다. 여성의 입술을 덮은 붉은색 립스틱이 분위기를 더욱 강렬하게 돋우었다.

내 머릿속에 이 여인이 곧 이국(異國)의 모습으로 각인되었던 이유는 우리 집 책장 한켠에 늘 꽂혀 있던 〈世界의 旅行(세계의 여행)〉 전집 표지에 실린 사진 때문이었다. 커서야 알게 된 사실이지만 표지 속 여자는 플라멩코를 추는 여인이었다.

몇 년 전 어머니가 책장을 정리하면서 그 책을 버리려

초등학생이었던 나는 외국을 상상할 때마다
빨간색의 캉캉원피스를 입은 요염한 자태의
여인이 사는 곳을 머릿속에 그리곤 했다.

고 했다. 놀란 나는 한달음에 그 책을 가져와 내 책장에 꽂아두었다. 그때 어머니가 얘기하길 그 책은 아버지와 결혼할 때 세계여행을 가자고 약속하고 마련한 것이었다고 했다. 물론 부모님은 세계여행을 다녀오지 못했다. 자녀를 넷이나 둔 덕분이라고 해야 할까 아니면 넷이나 둔 탓이라고 해야 할까. 4남매의 뒷바라지에 쉴 틈이 없었던 두 분에게 세계여행은 그저 아무 상관없이 플라멩코를 추고 있는 여인처럼 낯설고 먼 남의 이야기와 같았을 것이다.

아버지는 구소련 출장을 다녀온 뒤 가족들에게 이야기 한보따리를 풀어놓았다. 지금도 두어 가지가 기억난다. 그중 한 가지는 요즘에도 방송에서 개그 소재로 가끔 등장하는 러시아 단어에 관한 에피소드였다. '감사합니다'라는 뜻의 러시아어 '쓰바씨바'로 인해 비롯된 사건이었다. 아버지와 함께 간 교수님들 중 한 분이 "쓰바씨바!" 하며 인사를 건네는 러시아인과 싸움이 붙을 뻔했다는 것이었다. 그 교수님은 러시아인이 시비를 걸어오는 줄로 잘못 알아들은 것이다. 우리말의 어감으로는 자칫 오해를 살 만한 소지가 다분한 단어였다. 이제는 유행 지난 올드 유머처럼 여겨지는 이야기지만 당시 그 얘기를 들은 우리 가족은 배꼽을 잡고 쓰러져서 바닥을 치며 웃었다. 나는 너무 웃어서 옆구리가 아플 정도였다. 그때 그 순간 옆구리가 당기던 느낌을 아직까지도 내 몸은 기억한다.

아버지가 해준 또 다른 이야기는 불가리아 요거트 얘기였다. 불가리아에서 먹은 요거트는 우리나라에서 파는 마시는 야쿠르트와는 식감이 무척 다르다고 했다. 불가리아의 것은 우리 것보다 걸쭉한데 참 맛있게 먹었다고 했다. 나는 왜 유독 불가리아 요거트 얘기를 인상 깊게 기억하고 있는지 모르겠다. 아마도 그것을 들을 당시에 언젠가 꼭 한번 맛보고 싶다는 마음이 강하게 들었었나 보다.

나는 지금까지도 불가리아에 가본 적이 없다. 하지만 아버지가 말한 그 요거트를 맛볼 기회가 있었다. 6년 전

쯤인가 친구들과 함께 송년회를 하고자 이태원에 있는 불가리아 음식점에 들렀을 때였다. 우연히 예약한 레스토랑이었기에 큰 기대는 없었다. 그런데 주문하는 음식마다 "우와" 소리가 절로 나왔다. 불가리아 요리에는 요거트를 소스처럼 곁들이는 경우가 많았다. 해당 레스토랑의 요리에서만 볼 수 있는 특징인지 불가리아 음식 전반의 특징인지는 알 수 없었다. 요거트 특유의 새콤달콤한 맛이 미각을 자극했다. 요거트를 좋아하는 내게는 제격인 음식이었다.

내가 요거트를 얼마나 좋아하는지를 설명하자면, 산후조리 기간에도 밥보다 요거트를 더 많이 먹었다. 조리를 도와주러 온 도우미 분이 요거트를 챙겨 먹듯이 밥도 잘 챙겨 먹으라고 내게 당부할 정도였다. 매일 먹어도 질리지 않는 음식을 묻는다면 요거트를 꼽을 것이다. 특히 최근 몇 년 동안 더욱 요거트에 흠뻑 빠져 지냈다. 별다른 맛이 첨가되지 않은 플레인 요거트에 호두, 아몬드, 캐슈넛 등 견과류와 건크렌베리, 건포도와 같은 각종

건과일을 듬뿍 올려 먹는 것을 즐겼다. 어떤 날은 하루에 두 끼를 요거트로 먹기도 했다.

나도 아버지가 방문했던 불가리아에 들르면 본고장의 요거트 맛에 푹 젖어버릴 것이라 예상된다. 아버지가 현지에서 맛본 요거트도 불가리아 레스토랑에서 맛본 것과 같았을까 궁금하다.

갓난 노인 마트료시카

●

구소련에 다녀온 아버지는 가방 속에서 생전 처음 보는 물건을 꺼냈다. 러시아 전통 목각 인형 마트료시카였다. 마트료시카를 본 첫인상은 오뚝이를 연상시켰다. 일반적인 오뚝이와 차이가 있다면 좀 더 홀쭉하다는 점이었다. 밑바닥이 편편하여 흔들흔들 움직이지 않는 것도 다른 점이었다. 마트료시카는 세워두고 감상하는 장식용 인형일 것이라 짐작했다.

홀쭉한 목각 오뚝이 형태 위에는 사람 모습이 그려져 있었다. 머리에는 두건을 두르고 허리에는 화려한 빨간 꽃무늬 앞치마 같은 것을 둘렀다. 혹은 원피스 위에 앞치마를 두른 모습 같아 보이기도 했다.

마트료시카의 얼굴 속 두 눈은 아주 커다랬다. 그 두 눈 아래로는 아주 조그마한 앵두 입술이 살포시 다물어져 있었다. 얼굴은 너무나 사랑스럽고 어여쁘지만 몸매는 어째서 전혀 날씬하지 않은 오뚝이일까 의아했다. 우리나라 사람들이 흔히 미인상으로 규정하는 몸매와는 거리가 있었다. 그 몸매를 포함해 전반적인 외모로 판단해 보건대 이 인형은 젊은 여자를 표현한 것인지 아니면 아동을 표현한 것인지 모를 형상이었다. 하지만 새치름한 얼굴 표정에 화려한 붉은색 색채감과 꽃무늬로 압도하는 마트료시카의 모습은 참 예쁘다는 인상을 주기에 충분했다.

그 당시 내가 마트료시카를 보자마자 놀랍다고 여겼던 부분은 그것의 강렬한 페인팅 기법뿐만이 아니었다. 인형의 가운데에 가로로 금이 가 있어서 분리되는 것 또한 매우 인상적이었다. 인형은 그 금을 기준으로 위와 아래로 이등분 되어 열렸다. 열린 인형 안에는 조금 작은 또 하나의 인형이 들어 있었다. 그 인형도 역시 위아래로 이등분 되어 열렸다. 그리고 그 인형 안에도 역시 더 작은 인형이 들어 있었다. 양파 껍질을 벗기는 것처럼 반복적으로 인형 속에 인형이 들어 있었다.

대개 마트료시카는 동일한 형상의 목각 인형들을 크기만 점강적으로 달리해 포개져 있다. 이와 대비해서 겉에 드러난 가장 큰 인형부터 맨 마지막 가장 작은 인형까지 모두 다른 모습이 그려진 것도 눈에 띄었다. 인상적으로 기억되는 것은 레닌, 스탈린에서 고르바초프, 옐친까지 구소련에서 러시아로 이어지는 역사 속 지도자들을 그려 넣은 마트료시카였다. 내가 알아본 얼굴이 앞서 열거한 네 명의 지도자였다. 그들 사이에 모르는 인물들도 있었다.

최근 들어 문득 그 인물들이 누구일까 궁금해졌다. 인터넷의 힘을 빌려 20세기 이후 러시아 지도자들을 검색해 봤다. 그 결과 레닌, 스탈린과 고르바초프, 옐친 사이에 흐루쇼프, 브레즈네프, 안드로포프, 체르넨코가 열거되었다. 내가 알아보지 못한 모습의 마트료시카들은 아마도 그들 네 명이었나 보다.

마트료시카는 각 지도자들의 외모적 특징을 잘 살려

표현했다. 특히 고르바초프의 대머리 위에 있는 점을 선명하게 부각시킨 것이 뇌리에 남았다. 20세기 이후 러시아 지도자들을 그린 인형이 아버지가 가져온 것이었는지 아니면 TV 프로그램에서 본 것이었는지는 기억이 가물가물하다.

러시아 목각 인형 마트료시카는 내게 단순히 먼 나라 전통 인형 정도의 의미에만 머물지 않았다. 그것은 아버지를 상징하는 물건이었다. 우리 부모님이 결혼을 앞둔 자녀들에게 물려주는 유일한 물건이기도 했다. 마트료시카는 아버지 삶의 한순간을 기념하는 것이자 우리 가족이 함께 한 카이로스를 담고 있는 것이었다.

아버지는 구소련 현지에서 엽서도 써 보냈다. 엽서가 든 봉투 앞면에는 '모스코우에서'라고 적혀 있었다. 그 엽서가 아버지가 출장을 마치고 돌아오기 전에 도착했는지 아니면 그 후에 도착했는지 정확히 기억나진 않는다. 당시에는 국제우편이 도착하는데 한 달은 족히 걸렸을 것이다.

엽서 뒷면에 아버지의 손 글씨가 적혀 있었다.
'아빠가 소련 나무 인형을 재윤에게 주려고 샀는데
그 인형 속에는 작은 인형들이 열두 개나 들어 있단다.'

내가 중학생 때 필리핀으로 이민 간 친구와 편지를 주고받은 적이 있다. 중학생 때라면 아버지가 구소련을 다녀오고 몇 년 뒤이긴 하지만, 그 친구에게 기별이 오는 데는 언제나 한 달 정도의 기간이 소요됐다.

물론 어느 지역에서 오는 편지인가에 따라 운송 기간은 다를 것이다. 다만 해외 우편물을 주고받았던 경험에 비춰 보자면 모스크바에서 보낸 편지가 서울에 도착하는 데도 비슷한 기간이 걸리지 않았을까 어림잡아 본다.

얼마 전 그 오래된 엽서를 다시 꺼내 보았다. 엽서의 앞면은 모스크바 번화가가 한눈에 내려다보이는 사진으로 채워져 있었다. 사진 속 시내 모습을 바라보며 마트료시카가 있는 그곳 겨울은 어떨지 생각에 잠겼다. 1년의 절반이 겨울이라는 그곳. 아버지가 다녀간 그곳의 겨울에도 당신의 숨결이 녹아든 눈이 내리겠지. 장터마다 진열해 놓은 마트료시카 위에 수북이 눈이 쌓이겠지.

엽서를 돌려 뒷면을 봤다. 아버지의 손 글씨가 적혀 있었다.

'아빠가 소련 나무 인형을 재윤에게 주려고 샀는데 그 인형 속에는 작은 인형들이 열두 개나 들어 있단다.'

이 대목을 읽자마자 내가 받은 마트료시카를 꺼내 보았다. 결혼할 때 어머니가 준 것이다. 4남매 중 가장 마지막에 결혼한 막둥이에게는 당연히 마트료시카 선택권 같은 것은 없었다. 마지막으로 남은 인형을 가져오는 수밖에 별 도리가 없었다. 예상대로 내가 받은 인형 안에는 열두 개의 마트료시카가 들어 있지 않았다. 내 것은 다섯 개짜리였다. 나는 누가 열두 개짜리 인형을 가져갔는지 오빠, 언니들에게 물어보았다. 그 인형을 찾으면 아버지의 친필 엽서를 증거 삼아 그것은 내 것이라는 짓궂은 주장을 해보려던 참이었다. 하지만 아무도 열두 개 인형이 든 마트료시카를 갖고 있지 않았다.

나는 어머니에게 그것이 어디 있는지 물었다. 어머니 말씀으로는 우리 집에 그렇게 많은 개수가 든 마트료시카는 없다는 것이다. 그 말이 끝나기가 무섭게 어머니는

"너희 아버지가 그렇지 뭐"하며 피식 웃음을 터뜨렸다. 그 순간 나도 함께 웃었다. 아버지답다는 생각이 들었기 때문이었다.

어머니가 짐작하기로는, 아버지가 열두 개 세트 마트료시카를 보긴 했지만 사온 것은 그보다 적은 개수의 것이었거나 혹은 당연히 당신이 고른 마트료시카 안에도 열두 개의 인형이 들어 있겠거니 믿고 산 것이 아니었겠냐는 것이다. 나도 어머니의 추측에 일리가 있다고 생각했다. 사실 내게 마트료시카의 개수는 문제 되지 않았다. 그저 아버지가 사다준 마트료시카면 충분했다.

예전 어느 순간에 아버지와 나의 아들이 한 존재로 겹쳐 보이면서 마트료시카가 떠오른 적이 있었다. 여느 때와 다름없이 아버지와 아들을 반복적으로 안아 올리던 날들 중 하루였다. 하지만 내 머릿속에 그려진 마트료시카의 모습은 이제껏 본 적이 없는 것이었다. 마트료시카의 상부에는 노인이 된 아버지의 얼굴이 그려져 있었고 하부에는 기저귀를 찬 젖먹이 아들의 다리가 그려져 있었다. 노인의 상부와 갓난아이의 하부가 결합된 모습을 머릿속에 그리던 나는 '갓난 노인 마트료시카'라고 이름 지어 보았다.

갓난 노인 마트료시카를 열어 그 속에 있는 작은 마트료시카, 더 작은 마트료시카, 그보다 더 작은 마트료시카로 이어지는 모든 마트료시카들을 꺼내 나열해 보는 상상을 했다. 마트료시카의 상부 모습은 노년에서 장년, 중년, 청년, 소년 그리고 유년의 모습으로 변해 간다. 하부 모습은 거꾸로 유년에서부터 소년, 청년, 중년, 장년, 마지막으로 노년의 모습으로 바뀌었다. 인생의 변화기가 엇갈려 연결된 마트료시카들을 한눈에 바라보았다. 노인이 아이이고, 아이가 노인이었다. 인간은 아이로 생을 맞이하고 아이 같은 존재로 생과 고별했다.

언젠가 나는 갓난 노인 마트료시카 그림 동화를 지어서 내 아이에게 보여주겠노라고 다짐했다. 그 어떤 날 아이에게 이야기하길 이 동화는 너와 네 외할아버지에 관한 이야기이자 이 땅을 살아가는 모든 사람들의 인생

이야기라고 해야겠다. 하지만 아버지와 아이와 인생을 사는 모두의 얘기라고 생각하니 그릴 엄두가 나질 않았다. 잘 그려야 한다는 생각에 쉽사리 손이 움직여지지를 않았다.

제
3
장

만날 시간

참 갓난 노인

아이가 태어난 뒤 낯선 사람들과 대화를 나눌 일이 종종 생겼다. 주로 "아이가 몇 개월이에요?"라는 질문을 주고받으면서 이야기가 오가는 것이다.

아이라는 존재는 모르는 사람과도 본래 친분이 있는 양 스스럼없이 이야기를 나누게 만들었다. 어른들만 스스럼없어지는 것이 아니었다. 아이도 상대를 격의 없이 대했다. 아이는 낯은 가렸지만 사람을 가리지 않았다. 상대가 건강한지 혹은 병들었는지, 돈을 많이 가졌는지 혹은 적게 가졌는지, 직장인인지 백수인지, 대학을 나온 사람인지 아닌지를 따지지 않았다. 아이는 상대에 대해 선입견을 품지 않았다.

아이가 제법 걷기 시작할 무렵 흠칫 놀란 일이 있었다. 아이를 데리고 아파트 분리수거장에 갔을 때였다. 그

곳에서 초면(初面)을 마주했다. 그분은 제대로 분리되지 않은 물품을 선별 중이었다. 분리수거장 전담 관리인으로 짐작됐다. 나는 "안녕하세요" 가볍게 목례하며 가지고 나온 것들을 분리수거 통에 넣으려 했다. 그 찰나, 옆에 있던 아이가 관리인에게 아장아장 걸어가더니 그분의 바짓자락을 잡으며 얼굴을 치켜들고 환하게 웃는 것이었다. 그 순간 아이의 미소가 나의 내면에 울림을 던졌다.

'아이 같은 삶을 산다는 것은 바로 저런 모습을 두고 하는 말이구나!'

아이의 미소는 아무런 관계도 없는 사람을 한순간에 관계 있는 사람으로 만드는 미소였다. 그때 나는 생각했다.

'아이같이 늙어야지. 진짜 갓난 노인이 돼야지.'

아이는 아버지에게도 늘 한결같았다. 할아버지가 몸이 불편한지 아닌지 전혀 모르는 눈치였고 당연히 알 리가 없었다. 그저 만날 때마다 늘 좋아할 뿐이었다. 기어

다닐 때는 바닥에 누운 채로 할아버지에게 웃음 지었고, 무엇인가를 잡고서야 겨우 일어설 때는 할아버지가 앉아 있는 의자 다리를 붙잡고 일어서서 웃곤 했다. 의자 다리를 붙잡고 선 채로 할아버지의 팔과 다리를 꾹꾹 눌러 보기도 했다. 제 손에 쥐고 있던 노리개를 할아버지 다리 위에 올려다 놓으며 할아버지를 꽤나 귀찮게도 했다. 무방비 상태에서 손자의 손가락이 이곳저곳을 찌르고 들어오니 아버지는 반사적으로 움츠러들며 놀라기도 했다. 하지만 하루의 대부분을 별다른 표정 변화 없이 지내던 아버지가 그나마 사람 때문에 웃을 일이 생긴다면 바로 이 녀석 때문이었다.

그때 내 눈 속에서는 아이와 아버지의 모습이 한 사람처럼 겹쳐졌다. 그리고 아이 같은 노인으로 티 없이 늙을 수만 있다면 참 좋겠다는 생각을 했다. 잘 늙는다는 것은 아이처럼 늙는다는 뜻이리라 생각했다. 세상물정 모르는 꿈 같은 소리일까. 아마도 그럴 것이다.

때를 따라 때 묻지 않은 사람

•

아이 같은 노인으로 늙겠다는 다짐은 내겐 멀고도 먼 얘기지만 노년의 아버지에겐 이미 체화된 것 같았다.

여느 부부와 다름없이 아버지와 어머니도 티격태격 의견 차이를 보일 때가 있었다. 그날은 어머니 쪽에서 아버지를 향해 툴툴대는 차례였다. 아버지는 그저 귀만 열어놓은 채 묵언을 지켰다. 나는 장난 삼아 아버지를 부추겼다. 고자질 아닌 고자질을 해봤다.

"아빠, 엄마가 아빠 험담하는데요?"

"괜찮아."

아버지가 너털웃음을 치며 말했다. 아버지의 얼굴은 고구마처럼 잔뜩 붉어졌다. 갑작스레 큰 웃음이 터져나올 때 피가 머리 쪽으로 몰리는 모습이었다. 부부간에 종종 있을 법한 심각하지 않은 상황이었다. 하지만 아버지의 괜찮다는 한 마디가 남긴 여운은 오래도록 내 속에 남아 있었다. 아버지의 반응은 내 예상을 빗나간 것이었기 때문이다. 아버지도 이에 질세라 어머니를 트집 잡을 말을 꺼낼 수도 있었다. 하지만 아버지는 유쾌한 톤으로 상황을 포용했다.

나의 예측을 보란듯이 뒤엎은 아버지의 말을 상기하자면 학창 시절의 일화를 빼놓을 수 없다. 당시 나는 한 친구로 인해 고달파하고 있었다. 언제부턴가 친구는 유독 나에게 의지했다. 수업 중에도 그녀로부터 걸려오는 전화벨이 멈추지 않았다. 어느 날 핸드폰 화면에 찍힌 부재중 건수가 스무 통에 달했다. 인내심이 바닥을 드러냈다. 그 뒤로 나는 그녀와 자연스레 멀어질 궁리를 세웠다. 캠퍼스 내에서 그 친구와 마주칠 일이 없게 동선을 짰다. 전화벨이 울리면 일부러 끊기도 했다. 전화를 받을 수 없다는 무언의 메시지였다. 싸워 보기도 했다. 여러 방법을 동원했지만 어떠한 묘책을 세운들 소용없었다.

나는 아버지에게 노이로제 걸리기 일보 직전이라고 얘기했다. 그때까지 있었던 주요 사건들을 열거했다. 친구와 틈을 벌일 방도를 찾아봤지만 다 소용없었다는 말도 덧붙였다.

"사랑받아 마땅한 아이로구나."

아버지가 담담한 어조로 말했다. 그 한 문장이 나의 뒤통수를 후련하게 쳤다. 머릿속 쭉정이는 날아가고 알곡만 남았다. 한 마디로 사바아사나(Shavasana)였다.

사바아사나는 내가 가장 좋아하는 요가 동작이다. 우리말로 '송장자세'라는 뜻이다. 요가 수련 맨 마지막에 몸을 땅에 대고 시체처럼 하늘을 향해 눕는 자세다. 쉽게 말해 대자로 뻗어 누운 모양이다. 한 시간 가량의 수련이 사바아사나로 마무리될 때면 머릿속은 먼지 한 점 없는 투명에 가까운 백지가 된 것 같다. 모든 잡념이 깔끔하게 정리된다. 부수적인 것은 떨어져 나가고 주된 것만 남는다.

아버지의 말은 해결의 실마리가 보이지 않는 상황과

감정을 단박에 정돈하는 쾌도난마 같았다.

아버지는 겉으로 드러난 현상을 보지 않았다. 변하지 않는 본질에 주목했다. 그 아이와의 상황은 언제든지 변할 수 있었다. 더욱 악화되든, 더욱 호전되든, 어떠한 방향으로든 말이다. 그때마다 일희일비할 뿐일 터였다. 그날까지 나의 대응은 마치 수많은 공들이 쉴 새 없이 튕겨 나가는 로또 통 안의 모습을 방불케 한 것이었다. 이쪽저쪽으로 반사되는 쓸모없는 공들을 잡으려고 허둥대는 꼴이었다. 정작 통 밖으로 또르르 굴러 나와 진행자의 손에 쥐어질 당첨 공은 따로 있는데 말이다.

아버지는 단 하나의 당첨 공이 무엇인지를 간파하고 있었다. 당신은 그 친구의 존재 자체를 바라보았다. 그녀의 존재 가치를 내게 일깨웠다.

아이를 얻고 나니 존재 자체가 귀하다는 말뜻을 이해하게 되었다. 아이는 대개 울면서 일어난다. 생글생글 웃으며 일어나는 날도 있지만 그런 날은 드물었다. 아침마다 울면서 깨는 아이에게 왜 우냐고 화를 내는 부모는 없을 것이다. 간밤에 잘 잤는지 물으며 아이를 안아줄 것이다. 내 품 안의 아이가 그저 사랑스럽기만 했다. 존재 자체가 아름다워서였다. 아버지는 내게 이것을 깨우쳐 주었다. 존재하기 때문에 사랑한다는 사실을 말이다.

아버지는 상대에게 비판의 화살을 돌리지 않았다. 사랑받아 마땅한 존재라는 근원적 가치를 주시하고 화살을 꺾었다. 당신에게 날아드는 화살은 굳이 막지도 않았다. 아버지의 마음속에 화살이 박힌들 맥도 못 추고 푹신하게 쑤욱 흡수될 뿐이었다. 아버지의 내면은 그야말로 알맞게 곰삭았다. 여든 넘게 인생의 여러 때를 지나오며 몸에 묻은 불필요한 때를 벗기고 벗겼을 것이다. 안을 때와 안는 일을 멀리할 때를 지나고, 찾을 때와 잃을 때를 지나며, 지킬 때와 버릴 때를 지나고, 찢을 때와 꿰맬 때를 지나, 마침내 인생의 종착지에 다다랐다. 벗길 것은 다 벗기고 보니 도리어 본디 태어날 때와 같은 순백의 모습으로 서게 된 것은 아닐지 짐작해 보았다. 그렇지 않고서야 아버지를 기억할 때마다 내 아이의 모습이 떠오를 리 없기 때문이었다.

아이가 어린이집 같은 반 친구에게 손목을 물린 적이 있었다. 아이의 보드라운 살결 위에 거무스름하게 잇자국이 남았다. 잇자국 아래로 멍든 피부색은 며칠 후에야 발간빛으로 돌아왔다. 호되게 물린 모양이었다.

선생님에게 사건의 전말을 들어보니 내 아이가 먼저 잘못한 일이었다. 아이가 친구의 물통을 만져 보려고 막무가내로 손잡이를 잡아당겼다는 것이다. 당연히 물통 주인은 제 것을 뺏기지 않으려고 손을 놓지 않았다. 그러다가 주인은 본인의 것을 줄 수 없다는 의사 표시로 손목을 물었다. 아직 언어를 배우지 않은 아이의 의사 전달 방식이었다. 내 아이도 나름대로 핑계거리가 있었을 것이다. 남의 물건을 마음대로 소유할 수 없다는 개념이 서지 않은 어린애라는 핑계 말이다. 그러다 보니 내 아이 또한 친구의 행동에 퍼뜩 놀랐다.

두 돌이 채 안 된 아이들 사이에서 일어날 만한 일이었다. 한 아이는 물통을 빼앗길 뻔했고, 다른 아이는 손목을 물렸다. 하지만 이들은 언제 그랬냐는 듯이 다음 날도 함께 어울려 뒹굴었다. 만약 두 돌이 안 된 아이들이 상대에게 화가 나서 며칠씩 토라진다고 상상해 보라. 아이가 이상하니 병원에 다녀오라고 누구나 입을 모을 것이다.

갓난아이에 가까울수록 이 같은 면이 극명하게 드러난다. 산모인 나는 육아 스트레스로 인해 본의 아니게 아이에게 짜증을 낼 때가 있었다. 그렇다고 해서 갓난아이가 마음이 상해서 몇 시간씩 엄마를 등지고 있지 않았다. 그런 상황은 애초에 성립되지 않는다. 아이는 그저 한결같이 엄마를 바라보며 옹알이했다. 마치 '괜찮아요, 엄마'라고 속삭이는 듯했다.

아기는 하루 종일 웃음 지으며 괜찮다는 표현을 하기도 했다. 아이가 7~8개월 무렵이면 웃지 않는 시간을 찾기 힘들 정도였다. 아기를 안고 길을 나서면 그냥 지나치는 사람이 없었다. 말을 걸기 쑥스러워하는 20대 청년이라면 "어머, 재 좀 봐! 어떡해!"라고 혼잣말하며 발을 동동 굴렀다. 웃는 모습이 너무 귀여워서 어찌할 바를 모르겠다는 의미였다. 어르신이 지나갈 경우 일부러 다가와서 말을 건네는 일이 허다했다. "웃는 인형이 따로 없네!"

카페에 가면 우리가 지나치는 테이블마다 아기를 쳐다보는 시선이 느껴졌다. 테이블을 정해서 앉으면 일부러 다가와서 물어보는 사람도 있었다. "몇 개월 된 아이예요?"

아이의 웃음은 마치 '여러분 괜찮아요. 제 웃는 얼굴을 보세요. 행복한 일만 가득할 거예요'라고 말하는 것만 같았다. 아이의 괜찮다는 미소는 아버지의 괜찮다는 한 마디와 참 닮은꼴이었다.

알알이 영근 노년의 아버지는 '안을 때가 있고 안는 일을 멀리할 때가 있으며, 찾을 때가 있고 잃을 때가 있으며, 지킬 때가 있고 버릴 때가 있으며, 찢을 때가 있고 꿰맬 때가'(전도서 3:5-7) 있다는 것을 알려주었다.

지난날 아버지가 내게 보낸 편지에 담긴 내용이었다.

그렇게 때를 따라 당신의 인생을 다듬어왔다. 불필요한 것을 다 벗겨내고 노년의 때에 이른 아버지의 모습은 때 묻지 않은 갓난아이의 모습과 닮아 있었다. 당신의 주름진 입가에는 내 아이의 웃음과 닮은 '괜찮다'는 미소가 촉촉이 스며 있었다.

오늘의 의미

•

아버지가 떠난 뒤로는 새벽에도 깨어 있는 날이 많았다. 머릿속에서 아버지에 관한 생각이 떠오르면 그것을 다이어리에 옮겨 적지 않고서는 잠자리에 누울 수가 없었다. 다 적고 나면 새벽 두세 시를 넘기는 경우가 허다했다.

아버지는 이 생에 있지 않은 순간에도 나를 토닥여서 내 속의 것을 끄집어낼 용기를 주고 있었다. 아버지를 생각할 때면 당신이 존재하지 않은 오늘도 당신으로 인해 카이로스가 된다.

어느 새벽녘 유튜브에서 랜덤으로 흘러나오는 노래를 들으며 글을 쓰고 있었다. 가사가 귀를 솔깃하게 만들었다.

노랫말의 내용은 그럭저럭 어른이 되긴 했지만 아픔

앞에서는 약해지는 자신의 모습을 얘기했다. 나를 두고 하는 말인가 싶어 씁쓸하게 공감했다. 지금의 나는 적절히 상황을 넘기면서 어쩌다 나이만 먹어버린 꼴이 아닐까. 그냥 살았는지 아니면 잘살았는지 가늠할 수가 없어 안타까웠다.

적당히 위기를 모면하는 상황을 생각할 때마다 상징적으로 떠올리는 장면이 하나 있다. 초등학교 5학년인가 6학년 때 체육시간에 했던 피구 경기다.

나는 사각형 경기장 한복판에 들어가 있었다. 우리 편은 나를 포함해 네 명 정도가 막판까지 살아 있었다. 공이 나를 향해 날아들었다. 슬쩍 허리를 왼쪽으로 꺾었는데 운 좋게 종이 한 장 차이로 공이 스쳐 지나갔다. 지나쳐 간 공을 내 등 뒤에 있던 공격수가 받았다. 직감적으로 그 공이 내게로 날아들 것을 알고 있었다. 하지만 180도 몸을 회전해서 공격수가 던질 공을 쳐다보며 몸을 피할 시간을 확보하기가 어려웠다. 몸을 돌리는 속도보다 공이 날아드는 속도가 더 빠를 터였다. 내 몸이

No. 1

내 딸 재윤에게,

참으로 오랫만에 아빠가 편지를 쓴다. 누구에게도 편지를 않쓰는 아빠지만 이렇게 편지를 쓰고있는 아빠를 상상해 보렴! 얼마나 아빠가 재윤이를 사랑하는지…

너는 어릴때부터 아빠의

아버지가 돌아가신 뒤 아버지에게서 받았던 편지를 꺼내 읽었다.

17~8년은 된 편지였다.

아버지는 낙담에 빠진 나를 위로했다.

꿈을 이루는 행복한 삶을 살라고 했다.

백일몽이 아닌 비전을 좇으라고 응원했다.

120도쯤 돌아갔을 때 공이 날아드는 방향 쪽으로 힐끗 눈을 돌렸다. 그 순간 운동장 바닥에 발이 미끄러지면서 몸이 휘청거렸다. 요즘 말로 몸 개그를 펼쳤다. 이로 인해 내 의지에서 벗어난 방향으로 몸이 흔들렸는데 그것이 오히려 공을 피할 수 있게 만들어주었다.

내 몸은 두 번이나 아슬아슬하게 공을 피했다. 그 순간 연속해서 운 좋게 살아난 내 모습이 우스워서 혼자 깔깔대며 배꼽을 잡았다. 이상하게도 웃음이 멈추지 않아서 배를 움켜쥔 채로 한두 번 더 공을 피했다. 그러다가 옆구리가 당겨 아플 정도로 너무 웃어서 더 이상 공을 피해 달아날 힘이 없어졌다.

제발 내 몸에 공을 맞춰 달라고 애걸하며 자진해서 공을 맞는 격으로 퇴장했다.

이 우스웠던 경기의 순간을 떠올릴 때마다 어쩌면 피구공이 내 몸을 가까스로 빗겨 나간 것이 아닐지도 모른다는 생각을 해봤다. 실은 내 옷자락을 스쳤을지도 모른다. 티가 나지 않아서 퇴장해야 할 상황을 모면한 것뿐이었는지도 모른다.

나는 졸업을 하고, 직장인이 되고, 결혼을 하고, 아내가 되고, 또 엄마도 됐다. 그런데 어른이 됐는지는 의문이었다. 나는 때때마다 요리조리 허리를 꺾고 머리를 숙여가며 날아드는 공을 피해 적당히 견뎌오지 않았는지 생각해 보았다.

요즘 잘 다니던 직장을 퇴사하고 여행을 떠나는 사람들 이야기가 출판계와 방송가의 이슈가 되고 있다. 사뭇 이해가 되었다. 무작정 버티기만 하다가 어느 순간 지친 자신을 발견한 이가 무릇 나만은 아닌가 보다 싶었다.

결혼 전 남편이 우리 부모님에게 인사를 갔었다. 그날 아버지는 그에게 딱 한 가지만 질문했다.

"네 꿈이 뭐니?"

이 질문은 아버지가 남편에게 던진 유일한 질문이자 마지막 질문이었다. 그 뒤로 점차 아버지가 당신의 입을 열어 보이는 시간이 줄어들었기 때문이었다. 아버지는 늘 사람에게는 꿈이 있어야 한다고 말하곤 했다. 나

스스로는 꿈을 꾸고 있는 줄로만 알고 살아왔다. 하지만 적당히 잘살 수 있는 방법을 모색 중이었다는 사실을 깨달았다.

아버지가 돌아가신 뒤 아버지에게서 받았던 편지를 꺼내 읽었다. 17~8년은 된 편지였다. 그 편지를 받을 당시 읽은 뒤로 그것을 다시 꺼내 읽기는 처음이었다. 아버지는 낙담에 빠진 나를 위로했다. 꿈을 이루는 행복한 삶을 살라고 했다. 백일몽이 아닌 비전을 좇으라고 응원했다. 무려 석 장에 걸친 장문의 메시지였다.

그 편지를 다른 남매들에게 보여주었다. 언니가 말하길 아버지가 분명히 4남매 중 본인을 가장 사랑한다고 얘기했는데 그런 언니도 이런 긴 편지는 받아본 적이 없다고 했다. 농담 섞인 질투였다.

그 편지를 읽은 나의 가슴속에는 한숨이 가득 찼다. 편지를 손에 쥔 채 깊은 숨을 내뱉으며 그저 멍하니 몇 분의 시간이 흘러가도록 내버려 두었다. 아버지가 말해 준 대로 살지 못했다는 생각에 가슴이 쓰려왔다. 누구나

주저앉을 수는 있지만 누구나 일어서지는 않는다. 내가 일어서지 않은 그 누구 중 한 사람이 아닌가 하는 마음에 잠이 오지 않았다.

제
4
장

인생 여행

낯선 도시, 낯익은 기억

●

아버지가 돌아가신 지 석 달 반이 흘렀다. 1년 전에 예약해 두었던 미국행 비행 편의 출발 날짜가 코앞으로 다가왔다. 작년 이맘때쯤 남편이 제안한 여행이다. 남편은 미국 오리건 주에 위치한 포틀랜드를 소개하는 글을 우연히 접한 뒤 그 도시의 매력에 흠뻑 빠져 있었다. 우리는 우선 항공권부터 예약했다. 그리고 1년간 차근차근 여행 경비를 모았다.

그렇게 여행을 준비하면서도 마음 한편에는 이 여행을 감행할 수 있을지 염려가 가득했다. 그 당시 나는 아버지를 걱정하고 있었다. 여행으로 인해 자리를 비우면 나를 대신해 나머지 남매들이 서로의 일정을 조율해 아버지를 보살펴야 했다. 열흘이나 일정을 조정할 수 있을지 의문이었다.

일정도 일정이지만 나만 홀홀히 해외여행을 다녀오는 게 부모님에게 죄송했다. 아버지와 아버지를 그림자처럼 지키는 어머니는 어떻게든 하루하루를 버티고 있는데 말이다. 아버지 곁에 딱 붙어 있는 어머니에게 여행 간다는 말을 꺼내는 상황을 머릿속에 그려 보았다. 어딘가 들어맞지 않았다.

예전에 언제 돌아가실지 모를 시한부 인생의 환자 가족이 했던 말이 기억났다. "그렇다고 하루 종일 마냥 울고만 있을 순 없었어요." 사람이 온종일 쉬지 않고 우는 것은 불가능하다고 했다. 그 와중에도 가족들과 함께 웃긴 얘기도 하고 맛있는 음식도 먹었다는 내용이었다.

나는 아버지를 지키고 있는 것과, 이전과 다름없는 일상을 사는 것 중 어떤 것이 건강한 행동인지 판단하기가 어려웠다. 여러 날 동안 지속된 고민은 아무것도 해결해주지 못했다. 그저 여행을 떠날 때가 다가오고 나니 아버지는 나보다 먼저 다른 곳으로 떠나 있었다.

아버지와 지내던 일상의 자리를 남겨두고 미국 서부

로 향하는 비행기에 몸을 실었다. 학부를 졸업한 뒤로 미국 방문은 처음이었다. 미국에 있을 당시에도 포틀랜드에 가본 적이 없었다. 미국이기에 낯익은, 하지만 포틀랜드이기에 낯선, 학부 시절에 머물렀던 시카고를 회상하며, 그와 동시에 가보지 않은 포틀랜드를 상상하며 여행이 시작되었다.

음식이 맛있기로 유명한 포틀랜드에서 꼭 한 번 맛보아야 할 음식으로 도넛이 손꼽힌다. 거창한 요리도 아니고 도넛이라니. 도넛이 아무리 맛있어 봤자 도넛 아닌가. 현지에서 블루스타 도넛(Bluestar Donuts)을 맛보기 전까지는 별다른 기대감이 없었다. 하지만 그곳의 도넛은 달랐다. 도넛의 종류도 이제껏 본 적이 없는 독특한 것들이 많았지만 무엇보다도 도넛의 식감 자체가 지금껏 먹어본 도넛 중에서 가장 부드러웠다. 도넛을 한 입 물 때마다 사이사이로 퍼져 나오는 향은 정말이지 감미로웠다. 입에서 살살 녹는다는 표현은 분명 그 도넛을 두고 하는 말이었다.

아버지와 나는 장난삼아 도넛 집게 장갑을
머리에 쓰고 깔깔댔다.
아버지와 함께한 시간 속에는 언제나 유쾌함이 담겨 있다.
아버지의 아이 같은 천진난만함에
동참할 수 있다는 사실이 내게는 늘 행복이었다.

여행 초반부터 자그마한 디저트 한 조각에 크게 한방 얻어맞은 기분이었다. 남편과 나는 도넛 한 상자를 시켜서 가게 안 테이블에 앉아서 먹었다. 상자 안의 도넛을 다 먹지도 않은 상태에서 남편이 다시 주문대로 가서 또 다른 도넛을 시킬 정도였다.

내게 미국의 첫인상은 언제나 도넛과 연관이 있다. 10여 년 전 미국에 첫발을 내딛었을 당시에도 역시나 도넛이 있었다. 크리스피크림(Krispy Kreme) 도넛 가게 앞에서 아버지와 함께 사진을 찍었다. 요즘 표현을 빌려 나의 인생사진이라고 말하고 싶을 만큼 좋아하는 사진이다. 외장하드에 담겨 있던 사진 파일이 날아가서 이제는 사진 원본을 찾아 볼 수가 없다. 이 생각만 하면 가슴이 탁 막힌다. 다만 일반 용지로 사진을 출력해 벽에 붙여놓았던 것으로나마 마음을 달래볼 수밖에 없다.

당시 부모님과 나는 크리스피크림 도넛을 사서 가게 앞 테이블에 앉았다. 도넛 상자가 든 봉지 안에는 요리사 모자처럼 생긴 것이 함께 들어 있었다. 알고 보니 그

것은 모자가 아니라 도넛을 집어먹는 집게 겸 장갑 역할을 하는 종이였다.

아버지와 나는 장난삼아 도넛 집게 장갑을 머리에 쓰고 깔깔대며 사진을 찍었다. 옆 테이블에 앉아 있던 사람들이 우리 쪽을 힐끔힐끔 엿보며 웃고 있었다. 그 사진을 찍을 당시를 회상할 때마다 그렇게 기분이 좋을 수가 없다. 내 머릿속에서 미국 유학의 시작을 알리는 기억은 아버지와 크리스피크림 도넛 집게 장갑을 모자로 쓴 사진 속에 고스란히 남아 있다.

아버지와 함께한 시간 속에는 언제나 유쾌함이 담겨 있다. 아버지의 아이 같은 천진난만함에 동참할 수 있다는 사실이 내게는 늘 행복이었다. 어느 상황이 지나간 후에야 행복을 깨닫는 것이 아니라 바로 그 순간에 행복을 느낄 수 있는 것만큼 값지고 감사한 일이 또 있을까 싶다.

한 살, 한생(生)

●

아이가 생기기 전과 후의 여행은 사뭇 달랐다. 아이와 함께 여행하기 위해 아이의 흥미를 돋울 만한 곳을 찾아봤다. 미국 여행 중에 오리건 과학산업 박물관(Oregon Museum of Science and Industry)에 들른 이유도 아이에게 볼거리를 제공해 주기 위해서였다.

우리 세 식구는 로봇 혁명 특별전을 관람한 뒤에 연이어진 상설 전시실로 자연스럽게 이동했다. 생명과 관련된 전시가 마련되어 있었다. 나는 전시실 이곳저곳을 제 집 삼아 누비고 다니는 20개월 된 개구쟁이를 붙잡느라 정신이 없었다. 전시를 보러 박물관에 간 것인지 아니면 뛰어다니는 아이를 붙잡으러 간 것인지 분간이 가지 않았다.

그러던 중에 전시실 한 모퉁이가 내 시선을 강타했다.

태아의 발달 모습이 순서대로 전시된 구역이었다. 임신과 출산을 경험한 나로서는 쉽사리 지나칠 수 없는 공간이었다.

은은한 조명 아래에 41개의 동일한 검은색 직사각형 프레임이 늘어서 있었다. 각 프레임 안에는 모태(母胎)에 있는 양수를 연상시키는 액체가 담겨 있었다. 액체는 프레임 안에 담긴 태아들이 어머니의 태 속에서와 같이 편안하게 떠 있게 해주었다. 프레임들은 완만한 곡면으로 휘어져 들어간 벽면에 설치되어 있었다. 둥근 벽면 덕분에 모든 프레임이 한눈에 쏙 들어왔다.

첫 프레임 안에는 5밀리미터 정도 크기로 보이는 28일 된 태아가 있었다. 그 다음 프레임으로 넘어감에 따라 태아도 점점 자라났다. 마지막 마흔한 번째 프레임에 다다르니 20센티미터 정도 돼 보이는 32주 된 태아가 있었다. 전시실 유리창에 코가 닿을 듯 가까이 서서 태아 한 명 한 명을 면밀히 관찰했다. 태아의 주수가 더해감에 따라 신체 부위들이 하나둘씩 생기는 과정이 확연히 관찰되었다. 맨 마지막에 위치한 8개월 된 태아는 신생아의 모습과 다를 바가 없었다. 곧 세상 밖으로 나가도 무방해 보일 정도로 모든 신체 부위가 다 갖춰진 상태처럼 보였다.

태아를 보관하고 있는 프레임 뒤쪽에서 스포트라이트가 비추고 있었다. 그 빛은 태아의 몸을 투과해 관객쪽으로 도달했다. 태아의 몸은 그 속까지 비춰 보일락말락 할 정도로 반투명에 가까운 매우 옅은 회색을 띠었다. 마치 산모의 배 위에 빛을 비출 때 태 속의 아이가 빛을 쬐고 있는 장면 같았다.

태아의 몸은 쭈글쭈글했다. 주름진 얼굴 위에는 힘주어 꼭 감은 듯한 도톰한 눈두덩이 얹어져 있었다. 내 시선은 그 눈매 주변을 맴돌았다. 그리고 그 시선은 점차 태아의 웅크린 전신으로 퍼져 나가 양수 위를 표류했다. 태아의 머리카락과 몸에 난 솜털이 액체 속에 살포시 떠 있었다. 왠지 모르게 태아가 안쓰러워 보였다. 실제로 살아 있는 존재처럼 보여 다시 한 번 태아를 유심히 바라

보았다.

그 후 나는 멀찌감치 뒤로 물러나 마흔한 명의 태아들을 한눈으로 쭉 훑어보았다. 마치 한 생명의 성장 과정을 애니메이션으로 넘겨 보는 느낌이었다. 태아의 발달 과정을 보는 것은 마치 신이 마련한 창조의 장에 초대받은 순간과 같았다. 태아의 발달 모습은 신묘막측(神妙莫測)했다. 임신 관련 자료에서 그림으로만 봐왔던 과정을 입체로 확인하니 그 모습이 경이로웠다. 내 몸 안에 있는 태아라도 내 눈으로 직접 성장 과정을 들여다본 적이 없으니 다른 한편으로는 태아들이 생소하게 보일 만큼 신선하고 충격적이었다.

태아 발달 전시를 보고 난 뒤 다음 구역으로 넘어가려는데 남편이 조용히 말을 건넸다.

"진짜 태아예요."

"응? 그게 무슨 말이에요?"

"이것 봐요. 진짜 아이들이에요."

남편이 손으로 안내문을 가리키며 말했다. 그 안내문

에 적혀 있기를 자연유산 되었거나 불의의 사고로 태어나지 못한 태아를 기증받아 마련된 전시라고 했다. 전시를 다 보고 나올 때까지도 실제 태아일 것이라고는 상상조차 하지 못했다. 그저 매우 정밀하게 묘사된 모형이리라 생각하고 관람했다. 다른 의심은 조금도 하지 않았다. 생명 연구를 위해 기증된 태아들인 것을 알고 난 뒤 더욱 숙연해진 마음으로 한동안 미동 없이 그 앞에 서 있었다. 생명 앞에서 겸허해졌다.

생명은 참으로 신비롭다. 생명의 오묘함을 온몸으로 체험할 수 있는 순간이 바로 임신일 것이다. 임신 기간 중에 겪었던 신체 변화 중에 유독 기억에 남는 일이 있다. 멀쩡하던 얼굴 피부가 갑자기 다 일어난 것이다. 얼굴 전체에서 각질이 일어나는데, 그것을 벗겨내는 제품이나 진정시키는 제품 그 어느 것을 사용해도 상태가 호전되지 않았다. 손가락으로 얼굴을 조금만 쓰윽 문지르기라도 하면 각질이 우수수 떨어질 정도였다. 얼굴을 들고 외출을 하기가 여간 곤혹스러운 게 아니었다. 피부가

엉망이라는 핑계로 회사를 결근할 수도 없는 노릇이었다. 그 상태가 나흘에서 엿새 정도 지속됐던 것으로 기억한다.

주변에 임신 경험이 있는 사람들 말로는 뱃속의 아이가 남자일 경우 산모의 몸속에 다른 성별의 호르몬이 있어서 신체 트러블이 발생할 수 있다고 했다. 나의 몸속에 또 다른 존재가 산다는 확실한 증거였다. 내가 아닌 다른 존재가 열 달 동안 장소를 빌려 머물고 있었다. 막달에 다다를수록 몸이 무거워져 숨이 가빠올 때가 많았다. 특히나 오르막을 단숨에 올라가기가 어려웠다. 그때마다 배를 쓰다듬으며 태아에게 농담을 건네곤 했다.

"제때 방을 잘 빼줘야 돼! 자릿세도 내고!"

임신 중에 놀랍게 여겼던 또 다른 일이 기억난다. 아침마다 뱃속 아이가 나보다 일찍 일어나서 내 배를 발로 차며 깨우는 것이었다. 태아는 내가 자명종에 맞춰 놓은 시각보다 30분 먼저 발을 차기 시작했다. 직장인에게 아침 30분은 황금 같은 시간 아닌가.

"엄마 좀 더 자고 싶은데… 일어나라고?"

아기가 여러 번 발차기를 하며 나의 단잠을 깨우면 마지못해 배를 잡고 일어나곤 했다.

임신 초기에는 임부(妊婦)가 자면 태아도 자고 임부가 일어나면 태아도 일어나는 줄로만 알았다. 나중에 곰곰이 생각해 보니 임부와 태아가 같은 시각에 자고, 같은 시각에 일어난다는 것은 말도 안 되는 발상이라는 것을 깨달았다. 하물며 일란성 쌍둥이도 생활 패턴이 다른데 임부와 태아가 완전히 똑같이 생활한다면 뱃속에 로봇이 들어 있는 것과 다를 바 없는 것이다.

나는 임신 상태로 열 달의 삶을 사는 동안 완전히 독립된 존재를 뱃속에 품고 다니는 캥거루가 된 기분이었다. 이런 이유로 우리는 갓 태어난 아기에게 한 살이라는 나이를 부여하나 보다.

생명 전시실에서 본 실제 태아들의 모습을 생각하며 임신 기간 중에 겪은 내 태아의 행동을 연결지어 생각해 보았다. 내 아이가 뱃속에서 얼마만큼 자랐을 때 그러한 움직임을 한 것이구나 하는 태아에 관한 보다 명확한 이해가 가능했다. 그러고 나니 신생아에게 나이 한 살을 부여하며 어머니의 뱃속에 있던 기간도 하나의 인격체로 산 기간으로 인정해 주는 것이 참 옳아 보였다.

28일을 지나 32주까지 살았을 태아의 모습이 일렬로 서 있는 잔상이 오랫 동안 나의 뇌리에 남았다. 마치 마트료시카를 나열해 놓고 보는 듯했다. 8개월을 산 태아는 어머니의 태라는 세계 속에서는 노인이었겠다고 상상했다. 이 세계에서 팔순이라고 부르는 나이를 태중(胎中) 나이로 환산하면 8개월이겠다. 어머니의 태 속에서 한생을 사는 동안 곧이어 살게 될 세계에서의 삶을 예행연습한 것이라고 가정해 보았다. 우리가 이 생에서 팔순 남짓 동안 갓난아이에서 노인으로 변해가듯이 이미 태 속에서 그 과정을 밟고 나온 것이라면 어떨까.

인간은 어쩌면 그 존재 속에 이미 갓난아이에서 노인에 이르는 한생의 모습을 마트료시카처럼 다 품고 있는지도 모른다. 다만 시간에 구애를 받는 인생이라 시간이 지나 봐야 다른 나이로 변모한 자신의 모습을 마주할 수 있게 되는지도 모른다. 누구나 날 때부터 갓난아이에서 노인을 아우르는 갓난 노인 마트료시카의 모습을 하고 있는지도 모를 일이라고 상상했다.

누구나 늙는다. 태 속에서의 늙음은 완전해짐을 의미했다. 28일 된 태아보다 32주 된 태아가 좀 더 완전했다. 이 생에서도 늙는다는 의미는 보다 완전해짐을 뜻하는 말이길 훗날 노인이 될 나 스스로에게 바람해 보았다.

전망대

•

포틀랜드 도심을 벗어나 비스타 하우스(Vista House) 전망대에 다다랐다. 높은 곳에 올라 보니 내 눈 위로 펼쳐진 하늘은 막힘이 없었다. 눈 아래로 흘러가는 컬럼비아 강(Columbia River)은 녹음 사이로 굵은 물 획을 그어 놓았다. 끝 모를 대지는 온몸을 비워 줘도 내 안에 다 담기지 않았다.

왜 높은 곳에 오르고 싶은지 물음이 생겼다. 아래에서 보던 것과는 다른 광경이 펼쳐질 것을 기대하기 때문이었다. 관점을 바꾸니 이미 보았던 장소가 새로운 곳으로 변모해 있었다. 방금 전에 거쳐 온 84번 고속도로는 내가 지나친 고속도로가 아니었다. 소인국을 가로지르는 가늘디 가는 길이 되어 있었다. 벌목한 목재를 실은, 빌딩 높이만큼이나 긴 트럭도 전망대 위에서는 인형의 집을 지을 나뭇가지를 운반하는 차량에 지나지 않았다. 자동차가 달리는 속도는 내 시선이 움직이는 속도를 따라잡지 못했다. 내 눈은 이미 하늘과 땅이 맞닿은 곳까지 미쳐 있었다. 전망대 꼭대기에 서니 눈앞을 가로막는 것이 없었다. 가슴이 탁 트였다. 뒤죽박죽 엉킨 생각이 깔끔하게 정리되었다. 사람들이 정상에 올라 지난해를 보내고 새로운 해를 맞이하는 이유가 여기에 있었다.

스무 살 무렵이었다. 앞서 걷던 아버지의 뒷모습에 내 시선이 멈춘 적이 있었다. 그 순간은 마치 높은 곳에 오른 순간과도 같았다.

나는 하루 일과를 마치고 귀가 중이었다. 아파트 단지 입구에 들어서서 우리 집 동을 향해 코너를 돌았다. 그때 60~70미터 정도 앞서 걷고 있는 아버지를 발견했다. 아버지도 집으로 향하고 있었다. 그날따라 아버지의 뒷모습이 달리 보였다. 문득 새로운 시각이 나의 눈꺼풀 사이를 비집고 열렸다.

'아빠가 날 때부터 아빠가 아니었구나. 아빠도 나처럼

성장 중인 한 인간이구나.'

이전까지는 미처 생각지 못했다. 아버지는 내게 그저 아버지였다. 그제야 인생 트랙을 함께 뛰고 있는 동료 마라토너로 바라볼 눈이 뜨였다. 경주자의 뒷모습이 나의 망막에 맺힌 이후로 아버지를 바라보는 내 시선이 보다 따스해졌다. 경주로 인해 부르튼 발을 주물러 드리고 싶었다. 다른 한편으론 내 가슴 한구석에 위문편지가 도착한 순간이기도 했다. 경주 중에 목이 마르면 아버지에게 물병을 건네 달라고 말해도 되겠다는 안도감이 번졌다.

긴박하게 목을 축이는 트랙에서보다 힘을 더 빼도 괜찮았다. 비스타 하우스에 올라 아버지를 회상하니 내가 팔로우 하는 인스타그램 해시태그 #yogaeverywhere에서 본 영상이 떠올랐다. 전 세계 요기(yogi)들의 수련 모습 중에서 유독 어머니와 아이 혹은 아버지와 아이가 함께 물구나무서기 자세를 선보이는 영상이 자주 업로드 되는 것을 확인할 수 있다.

부모가 동작을 취할 때 아이가 하는 일이라곤 어머니나 아버지의 가랑이 사이에 편안히 앉아 있는 것이 전부였다. 본인의 중심이 흔들릴 것 같은 순간에만 양팔을 벌려 부모의 다리를 안았다.

물구나무를 서는 순서는 다음과 같았다. 부모가 팔을 어깨 너비만큼 벌려 지지대를 만들고 머리는 땅을 향해 숙인다. 다리를 몸 쪽으로 접었다가 서서히 하늘을 향해 치켜든 채 균형을 잃지 않게 애쓴다. 아이는 부모가 다리를 뻗어 올리기 직전에 가랑이 사이에 자리를 잡고 걸터앉기만 하면 끝이었다.

물구나무서기를 할 때 땀 흘리며 고도로 집중해서 동작을 완성하는 사람은 부모였다. 아이가 어머니나 아버지 옆에서 독립적으로 자세를 취하지는 않았다. 그저 부모의 몸에 자신의 몸을 맡기기만 하면 되었다. 파트너 요가(Partner Yoga)인 덕이었다.

아이는 나무늘보마냥 다리에 매달려 세상이 어떻게 돌아가는지도 모른 채 여유로운 시간을 즐겼다. 아이가 편안하게 앉은 채 놀이 시간을 가질 수 있는 이유는 전적으로 부모의 몸이 고도로 숙련되어 있기 때문이다. 부모는 아이의 미숙함을 완전히 숙지한 파트너 동작으로 보완했다. 자세를 풀고 나서 두 사람은 하이파이브로 과정을 마무리하는 것을 잊지 않았다.

부모와 아이가 파트너 요가를 할 때처럼 아버지는 내게 유유히 매달릴 곳을 마련해 주는 분이었다. 그리고 인생의 액션을 함께 취할 나의 파트너였다. 아버지는 내가 이해할 수 있게 나와 눈높이를 맞춰 주었다. 내가 아이와 까꿍 놀이를 할 때와 같은 눈높이였다.

아이가 몇 달 전부터 까꿍 놀이에 빠져들었다. '까꿍'을 제대로 발음할 줄 몰라 제 식으로 '따찌'라고 말했다. 까꿍은 숨바꼭질 놀이를 할 때나 응가 한 기저귀를 갈 때 하곤 했다.

"귀염둥이, 응가 했어요? 엄마한테 엉덩이 보여주세요."

"따찌! 하하하!"

기저귀를 벗지 않으려고 도망치던 아이는 눈을 힘껏

감으며 말했다. 어린이집에서 선생님들 사이에 '하하맨'으로 불리는 녀석의 웃음소리가 뒤를 이었다. 아이는 크게 소리 내어 웃어도 눈만 감으면 본인을 찾아낼 도리가 없는 줄로 착각했다. 심지어 내 품에 안겨 있을 때도 제 눈만 감으면 투명인간이 된 줄 알았다.

"우리 귀염둥이가 어디 있지? 우리 귀염둥이가 안 보이네."

나의 반응은 일관됐다. 절대로 '너 다 보여. 네가 눈을 감는다고 투명인간이 될 수 있는 줄 아니?'라고 응수하며 찬물을 끼얹는 법이 없다. 아버지 역시 나의 미숙한 정도에 맞춰 한 마디를 건네고 한 동작을 취하는 분이었다. 아버지의 뒷모습을 새로이 보고 나서야 그 사실을 깨달았고, 아버지를 매일같이 안아 일으키고 나서야 또 다시 알게 됐다.

전망대에서 내려다 본 컬럼비아 강물은 좀 전에 지나간 물과 동일한 물을 흘려 보내고 있었다. 먼저 흘러간 할아비 물과 이제 막 흘러가는 아기 물이 똑같았다. 훗

날 나이 든 내 모습은 아버지의 반이라도 닮아 있을지 궁금했다. 고개를 설레설레 저으며 아마도 반의반도 닮기 힘들 것이라고 짐작했다. 용기 내어 나를 다독였다. 아버지의 미세한 부분이라도 내 속에 녹아 있기를 스스로에게 청했다.

모든 생을 마주하는 곳

•

서쪽 해안가를 찾았다. 강렬한 바람이 캐논 비치(Cannon Beach)를 에워싸고 있었다. 맹렬히 달려드는 바람으로 인해 내 몸은 절로 뒷걸음질쳐졌다. 하지만 그 바람의 결은 거칠지 않았다. 살을 에는 날카로운 직선의 칼바람이 아니었다. 넓고 묵직하게 내 몸을 짓누르더니 내 육체의 굴곡을 따라 굵게 유선을 그리며 뒤편으로 쏜살같이 달아나는 바람이었다.

바람이 휘어지는 곡선을 따라 내 육신도 왼쪽으로 오른쪽으로 이리저리 휘감겨 돌고 돌았다. 내 몸은 바람결을 따라 흘러갔다. 나와 함께 걷고 있던 아이도 제 피부를 쓸고 사라지는, 눈에 보이지 않는 실체를 만끽하고 있었다. 아이는 힘찬 공기의 흐름이 마냥 신기한지 그것을 붙잡으려고 손을 오므려 주먹을 쥐어보기도 하고 손을 펴서 손바닥을 드러내 보이기도 했다. 아이는 자기 손을 벗어난 바람을 잡으려고 모래사장 위를 강중강중 뛰어다니며 연신 까르륵 소리 내어 웃었다.

내 몸을 누르고 지나간 바람은 코와 뺨을 차갑게 만들었다. 그 바람이 내 몸의 온기를 앗아가 열 손가락 끝이 벌겋게 얼얼해졌다. 세찬 바람은 나의 겉사람을 벗겨내고 곧장이라도 속사람을 드러낼 지경이었다. 마치 마트료시카가 이등분 된 몸을 열어 그 안에 숨겨 놓았던 또 하나의 자신의 모습을 내보이는 것처럼 말이다.

왼쪽으로 휘감기는 바람에 몸을 맡기면 내 안에 숨어 들어간 지난날의 유년의 모습을 드러낼 것만 같았다. 나의 유년 때는 아버지의 생전의 때와도 겹친다. 캐논 비치의 해안선에는 바람에 벗겨진 내 인생의 지난날이 나열되었다. 주르륵 펼쳐진 인생의 시기마다 나와 함께 했던 살아생전 아버지의 모습도 펼쳐졌다.

나는 바람을 들이마시고 내쉬었다. 나를 숨쉬게 한 바람은 이전에 아버지의 코끝을 매만지며 아버지의 몸

속을 살피고 나온 숨결일지도 모른다. 그날 해변에 분 바람이 어느 시간 속을 살던 당신의 모습을 살아 숨쉬게 하고 온 것인지 나는 무척이나 궁금했다. 언제를 살던 아버지의 살갗을 휘감고서 세상 속을 돌고 돌아와 다시 나의 살갗을 덮은 것일까. 당신의 유년의 모습인지, 청년의 모습인지, 장년의 모습인지, 아니면 인자함이 농후하게 밴 노년의 모습을 담아 온 바람인지 묻고 싶었다.

현재의 시간을 살고 있는 내게 지나간 아버지의 시간을 바래다 준 해변의 바람은 창조주가 몰고 온 것이었나 보다. 아버지를 살아 숨쉬게 한 바람이 나를 숨쉬게 했고, 나를 숨쉬게 한 바람은 내 아이의 숨으로 들이쉬어졌다.

어느 사이엔가 오른쪽으로 휘감기는 바람결에 내 몸이 쓸렸다. 그 바람에 나의 육체는 유년의 모습을 벗고 청년의 모습을 내보였다. 그리고 또 한 바퀴를 스치며 청년의 모습을 쓸어내고 중년의 모습을 내보이려 했다.

아이도 바람에 씻겨 그 겉모습이 한 겹 벗겨지고 나면 유아의 모습 뒤에 기다리고 선 소년의 모습을 드러낼 것이다.

그곳의 바람은 나의 살갗을 쓸어내 다른 시간을 사는 내 모습을 드러냈다. 내 인생의 시간들과 맞닿아 있던 아버지의 모습과 아이의 모습도 나타났다. 해변 어디선가 나는 중년의 모습으로 서 있었고, 아버지는 청년의 모습으로 서 있었다. 아버지가 갓난아이의 모습으로 누워 울고 있을 때, 노인의 모습을 한 아이는 갓난아이가 된 아버지를 토닥이고 있었다. 그곳을 맴도는 바람을 따르던 우리들 각자의 존재를 이루고 있는 마트료시카가 몇 겹이고 벗겨지고 또 벗겨졌다. 우리 모두는 각자의 인생에서 이미 마주했고 앞으로도 마주할 자신들의 모습을 한 꺼풀씩 열거했다.

인생의 모든 때가 나열됐을 때 그 모습은 온전할 것이라 기대했다. 마치 어디서부터 시작되어 어디서 끝나는지 볼 수도 없는 바람에게서 그것의 일부분을 떼어내는

아버지를 살아 숨 쉬게 한 바람이
나를 숨 쉬게 했고,
나를 숨 쉬게 한 바람은
내 아이의 숨으로 들이쉬어졌다.

것이 불가능한 것처럼, 우리의 생도 어느 한 부분을 떼어낼 필요조차 없이 하나의 완전함을 이룰 것이라고 소망했다.

물리적인 시간에 구애받지 않는 창조주는 바람과 같구나 생각했다. 창조주는 시간을 종으로 횡으로 자유자재로 넘나드니 아버지와 아이와 내 인생의 모든 모습들을 바람처럼 이 해변 위에 불러들여 오기도 하고 불러가기도 하겠지.

인간이 시간의 안경을 쓰고 인생을 본다면, 창조주는 바람의 안경을 쓰고 인생들을 통찰하는 게 아닐까 상상했다. 소년이었던 인간은 10년의 시간이 지나야 청년이 된 자신의 모습을 볼 수 있다. 그리고 또 10년의 시간이 흘러야 장년이 된 자신의 모습을 만날 수 있다. 하지만 창조주는 시간에 구애받지 않으니 마치 이쪽저쪽 곡선을 그리며 빠르게 혹은 느리게 날아가는 바람처럼 세상을 운행하는 것이 아닐까 짐작했다.

해변의 바람은 내 삶이 또 한번 변화의 단계에 들어섰

다는 메시지를 전했다. 소금기 어린 바람이 내 피부 속으로 속속들이 스며 들어와 내게 속한 모든 것을 신선하게 만들었다.

캐논 비치에는 거대한 마트료시카가 우두커니 서 있었다. 내 눈에 비친 헤이스택 바위(Haystack Rock)는 흡사 자연이 빚은 마트료시카 같았다. 내 아버지가 살고 간 시간보다도, 내 아이가 앞으로 살아갈 시간보다도, 더욱 오랜 시간 동안 한 겹 한 겹 깎이고 깎여서 그 속에 감추어 두었던 또 다른 자신의 모습을 드러내 놓고 있었다.

나의 존재를 형성하고 있는 마트료시카는 몇 번째 마트료시카를 열어 보인 것일까, 지금 나는 인생의 어느 시간쯤에 닿아 있는 것일까.